FAIS COMME SI J'ÉTAIS À TOI

JESSA JAMES

Fais Comme si J'étais à Toi
Copyright © 2020 par Jessa James

Tous droits réservés. Aucune partie de ce livre ne peut être reproduite ou transmise sous quelque forme que ce soit ou de quelque manière, électrique, digitale ou mécanique. Cela comprend mais n'est pas limité à la photocopie, l'enregistrement, le scannage ou tout type de stockage de données et de système de recherche sans l'accord écrit et exprès de l'auteur.

Publié par Jessa James
James, Jessa
Fais Comme si J'étais à Toi

Design de la couverture copyright 2020 par Jessa James, Auteure
Crédit pour les Images/Photo : Deposit photos: HayDmitriy; Melpomene

Note de l'éditeur : Ce livre a été écrit pour un public adulte. Ce livre peut contenir des scènes de sexe explicite. Les activités sexuelles inclues dans ce livre sont strictement des fantaisies destinées à des adultes et toute activité ou risque pris par les personnages fictifs dans cette histoire ne sont ni approuvés ni encouragés par l'auteur ou l'éditeur.

NOUVELLES DE JESSA JAMES

Abonnez-vous à ma liste de lecteurs VIP français ici :
http://ksapublishers.com/s/jessafrancais

1

CHARLIE

Deux Ans Plus Tôt

C'est par une après-midi de printemps pluvieuse que je la perds.

— Au revoir, John, dis-je au vieillard qui range les chaises pliantes grises dans un claquement. Nous nous trouvons dans le sous-sol miteux d'une église, mais au moins, on nous laisse nous réunir ici gratuitement.

— Charlie, répond John.

Ses joues sont rose vif, ses yeux d'un bleu profond. Ses vêtements sont trop grands de plusieurs tailles, d'un beige monotone. Il hoche sa tête à la chevelure grisonnante, puis se remet à empiler les chaises avec application.

Je bois une dernière gorgée de café et grimace tant il est sucré. J'ai mis beaucoup trop de sucre dedans, mais il est trop tard pour y remédier. Je jette le reste dans mon gobelet en carton, ainsi que la serviette en papier que j'ai mise en boule dans mon poing serré sur les miettes d'un biscuit insipide de supermarché.

— Attention ! lance quelqu'un, pile à temps pour m'empêcher de rentrer dans une pancarte suspendue au plafond.

Les plafonds sont si bas qu'il n'y a que quelques centimètres entre eux et le sommet de mon crâne. J'imagine qu'il n'y a pas beaucoup de types avec des carrures de Viking comme moi dans le coin.

Mais quand même, c'est sympa de prévenir.

— Merci, je lance à mon tour, mais la personne qui m'a averti passe déjà les portes métalliques qui conduisent au parking.

Je regarde alentour, quelque peu abattu. Je suis un grand gaillard, ancien membre de l'armée et de la CIA. Si j'ai atterri ici, c'est à cause de mes crises d'angoisse et de mes cauchemars. Mon épouse, Britta, m'a dit que c'était soit ça, soit je dormais sur le canapé toutes les nuits, car elle ne voulait plus que je la réveille sans arrêt.

Vu qu'elle était enceinte de neuf mois, et que j'étais loin d'avoir assez de place sur le canapé... je savais qu'il fallait que je me fasse aider. Alors j'avais passé des coups de fil. Trois groupes de parole plus tard, je me retrouve ici.

Je pousse un soupir et passe en revue certaines des idées échangées pendant notre session, les tournant et retournant dans mon esprit. La notion de vulnérabilité, de s'autoriser à montrer ses faiblesses devant quelqu'un d'autre, a souvent été abordée.

Quand j'entends certaines personnes parler, je suis bien content d'avoir Britta à mes côtés. Elle m'a tiré du gouffre à mon retour de Syrie, et c'est grâce à elle que je tiens le coup depuis.

Je sors mon téléphone. *Je pense plein de choses positives à ton propos*, envoyé-je par message à Britta.

Pas de réponse immédiate, mais ce n'est pas grave. Je fourre mon portable dans la poche de mon jean. Je ferais mieux d'y aller.

Quelques personnes discutent toujours près de la table chargée de rafraîchissements, mais le reste de mon nouveau groupe de soutien – Discussions Entre Vétérans – est déjà parti. Alors que je me dirige vers la double porte en métal, mes yeux balayent le sous-sol une dernière fois, passant machinalement en revue les murs moisis et le tapis bleu miteux à la recherche de...

Quoi ? je me demande. De combattants ennemis ? De menaces ?

J'ai laissé tout ça derrière moi dans la ville ensablée d'Alep, où j'étais basé en tant qu'agent de la CIA. C'était un an plus tôt et pourtant, je commence tout juste à récupérer. D'où le groupe de parole.

Enfin, je devrais rendre à César ce qui appartient à César : Britta et notre fille qui vient de naître sont également essentielles à mon rétablissement. Voir le ventre de Britta grossir, puis tenir Sarah dans mes bras pour la première fois... ça a changé quelque chose en moi, au niveau moléculaire.

Désormais, je ne sais pas ce que je ferais sans elles. Elles sont le soleil de ma vie, sans vouloir être cul-cul.

Je pousse la porte et plisse les yeux face à la lumière du jour. La pluie commence tout juste à tomber, mais c'est la routine, à Seattle. En plus, la pluie fait du bien, après la chaleur étouffante de l'église. Les gouttes me tombent sur les bras et le visage, agréablement glacées. Je sors mon coupe-vent bleu marine et me dirige vers ma voiture.

Il en reste peu sur le parking de l'église ; on est samedi après-midi, et le temps est plutôt agréable, malgré la petite pluie. La plupart des habitants de Seattle sont sans doute en train de bruncher, de randonner ou de faire les courses.

Quant à moi, je m'apprête à rejoindre Britta et Sarah à la bibliothèque. Je les imagine dans ma tête : Britta avec ses longs cheveux bruns et son sourire chaleureux. Sarah dans son body, avec les cheveux de sa mère et mes yeux verts. Dans mon imagination, Sarah se trouve dans le porte-bébé à rayures collé au ventre de Britta.

Notre fille n'a que trois mois, mais Britta dit qu'il n'est jamais trop tôt pour découvrir la bibliothèque. Nous nous disputons gentiment au sujet des livres que nous devrions lire à Sarah. Britta dit que cela n'a pas d'importance, mais moi, j'estime qu'il faudrait lui lire des journaux dans toutes les langues.

Après tout, il n'est jamais trop tôt pour favoriser la réflexion, n'est-ce pas ? Voilà à quoi mon esprit est occupé alors que je me glisse dans ma voiture et fais tourner le moteur.

Je quitte le parking et tourne à gauche, les mains sur le volant, laissant ma mémoire musculaire diriger les opérations. J'ai fait l'erreur de mettre les infos à la radio. Je ne peux pas l'écouter sans m'investir dans les reportages et les stocker méthodiquement dans ma mémoire.

C'est quand je ne suis plus qu'à quelques kilomètres de chez moi que je réalise que suis en mode pilote automatique. La bibliothèque se trouve dans l'autre direction. Je jette un regard à l'heure. Je serai sans doute en retard.

Je fais demi-tour, vers le nord-ouest, le chemin que j'aurais pris si je quittais la maison. À la radio, quelque chose accapare mon attention ; je suis agacé que la Maison-Blanche mette le nez dans ce qui se passe en Syrie, et de façon incompétente.

Je vois un accident de voiture après un tournant, des

carcasses de métal entourées de plusieurs véhicules de police tous gyrophares allumés. Un flic fait signe aux automobilistes de les contourner ; un autre place sans enthousiasme une barrière de sécurité autour de la scène.

Je tourne presque à droite pour éviter le bouchon qui est en train de se former, mais pour une raison inexplicable, je continue tout droit. Peut-être parce que tout le monde est curieux de voir ce qui se passe quand un accident se produit. On aime tous sans l'avouer voir des voitures retournées, tenter de deviner ce qui s'est produit. S'essuyer le front avec un soupir de soulagement parce que ce n'était pas nous, puis continuer notre chemin.

Quoi qu'il en soit, je suis en train d'écouter la radio et je pianote sur le volant alors que j'attends que le flic me dise de passer. Je tords le cou pour observer la scène de l'accident, estimant la distance entre les deux voitures. Ces véhicules ne reprendront jamais la route. D'ailleurs, si leurs passagers ne sont pas morts dans un accident pareil, ils devraient remercier leur bonne étoile.

La voiture A est un Dodge Charger noir flambant neuf, en sale état. La voiture B est couchée sur le flanc, son châssis tourné vers moi, et a visiblement fait plusieurs tonneaux. On dirait que la voiture A est rentrée dans la voiture B, et que la voiture B a roulé jusqu'à s'immobiliser sur le côté.

J'essaye de déterminer son modèle, mais tout ce que j'arrive à voir, c'est que la voiture B est un SUV noir. Un frisson angoissant me parcourt la colonne vertébrale. Britta conduit un SUV noir, une Nissan.

Du calme, me dis-je. *Elle est à la bibliothèque, sans doute en train de se demander où tu es.*

J'avance, progressant lentement dans la file de voitures. Enfin, c'est mon tour de passer, et je conduis prudemment. Je ne peux pas m'empêcher d'observer la voiture A et la voiture B, ainsi que les nombreux policiers qui prennent des notes et des photos.

J'ai presque dépassé la scène de l'accident et je suis sur le point d'accélérer, quand quelque chose attire mon attention. Une policière passe en revue des effets personnels qui viennent probablement de la voiture B, et elle place une couverture sur un gros sac de pièces à conviction.

La couverture est tellement familière que mon cœur s'arrête. C'est une couverture de bébé, avec deux ours qui pêchent dans une rivière. Une couverture unique, cousue main pour Sarah par la mère de Britta.

J'écrase les freins alors que mon cerveau se met à tourner à plein régime. *Peut-être que la mère de Britta a acheté la couverture toute faite, et qu'il y en a des tonnes dans le monde. Ou alors...*

Derrière moi, une voiture klaxonne, me faisant sursauter. J'avance à nouveau, et me range sur le bas-côté dès que j'ai dépassé l'accident. Mon cœur bat à cent à l'heure et le sang me monte à la tête, m'empêchant de réfléchir comme il faut.

Je tourne la tête pour regarder la scène. La couverture n'est plus visible. Je tente de déterminer le modèle du SUV, mais depuis ma position, c'est impossible.

Je me mets à trembler alors que je défais ma ceinture et sors mon téléphone de ma poche. Britta m'adresse un sourire radieux, Sarah dans les bras. C'est mon fond d'écran alors que je tape son numéro avec des doigts maladroits.

Ça sonne quatre fois. Je jette un regard dans le rétroviseur à la cinquième sonnerie, pour voir si la policière qui inventorie les objets ramasse quelque chose.

Mon cœur se serre quand je la vois prendre un portable.
Non.
Non, c'est impossible.

Je sors de la voiture, conscient du fait que je vois de plus en plus flou. C'est le premier symptôme de mes crises d'angoisse, mais pour l'instant, c'est le cadet de mes soucis.

— Monsieur ? dit une jeune femme en se plaçant devant moi alors que je m'avance à grands pas.

— L'accident, dis-je sans même regarder la policière, trop occupé à observer les objets par terre pour voir si je reconnais quelque chose. Où sont les blessés ?

Elle tend le bras pour m'arrêter alors que je tente de m'approcher.

— Monsieur, il faut que vous...

Je l'attrape par le poignet et plonge le regard dans le sien, désespéré. Mon cœur bat de plus en plus vite, tant et si bien que j'ai l'impression que je vais m'évanouir. Je halète et je vois flou, mes mains fourmillent.

Je perds les pédales.

— C'est peut-être ma femme, réussis-je enfin à dire.

Je lui lâche le poignet et agrippe le col de ma veste.

— Ma fille. Je veux juste savoir...

Je dépasse la policière, sans prêter attention à ses « Monsieur ? Monsieur ! »

D'un pas décidé, je me dirige vers la voiture B, jusqu'à ce que je voie une rose en soie délavée sur le sol, entourée d'un million d'éclats de verre... et de sang.

Assez de sang pour remplir un corps.

Je plaque la main sur ma poitrine, les jambes raides. Je regarde sur ma droite, vers un vieux policier près de la voiture B. Il est au téléphone, fait des observations. Il ne me voit même pas, tant il est occupé à constater les dégâts sur le SUV.

— C'est injuste, dit-il en secouant la tête. Un conducteur ivre arrive à toute allure, tue une femme, tue presque son bébé, mais il s'en tire sans une égratignure. Vraiment injuste.

Non.

C'est impossible.

La première policière me rattrape et me prend par le coude en criant à l'aide. Je tombe à genoux, les yeux de nouveau rivés sur la rose en soie.

Non.

Pas Britta.

C'est impossible.

C'est forcément une erreur.

— Est-ce que ça va ? me demande la policière.

Je la regarde, et la noirceur menace de s'emparer de ma conscience. Mes deux mains agrippent ma poitrine. Je tente de dire quelque chose, mais j'ai seulement assez d'air pour murmurer.

— Mon cœur, dis-je.

Et tout devient noir.

2

LARKIN

De Nos Jours

Pourquoi est-ce que ce truc refuse de partir ? je vocifère en tentant de frotter plus fort.

Je me trouve en haut d'une échelle posée contre la façade de la maison de ma mère. Enfin, non ; ma mère est morte il y a trois ans, et de son vivant, elle ne prenait pas vraiment soin de cette énorme bâtisse victorienne.

C'est pourquoi je me trouve sur cette échelle, à frotter furieusement les toiles d'araignées et la crasse noire qui s'accumule le long de l'avant-toit.

J'imagine que c'est ma maison, désormais.

Je porte un tee-shirt à manches longues, mon plus vieux jean, et mes longs cheveux blonds sont attachés avec un foulard. C'est l'été, mais il fait rarement très chaud sur la côte de l'Oregon. Au mieux, on atteint les vingt degrés.

Alors bon, nettoyer l'avant-toit est une tâche nécessaire, mais cela me permet également de bronzer un peu. Je fais le plein de vitamine D, en espérant que cela parviendra à me rendre un peu plus heureuse. Dommage que ce ne soit pas efficace sur la crasse de la façade.

Je réussis enfin à en décoller un morceau.

Ah, il faut gratter et décoller, je crois.

Tout en travaillant, je me demande comment ma mère a pu laisser les choses se détériorer à ce point.

La maison se trouve en plein milieu de ce que j'appelle le centre-ville de Pacific Pines, une grande étendue d'herbe entourée de maisons et de magasins. La demeure de ma mère – ma demeure, désormais – est gris vert, avec un étage et des pignons.

À une époque, ma mère a payé pour diviser la maison en deux logements. Les deux façades sont décorées de motifs aux couleurs criardes typiques des années 70. Mais ça, c'est ma mère tout craché : Big Ruth, l'appelaient les gens. C'était la directrice de l'école primaire, un Don Juan en jupons et une vraie narcissique. Elle ne faisait jamais les choses à moitié, surtout en termes de décoration.

Je reprends mes efforts de plus belle, et suis récompensée quand une grosse bande de crasse se décolle. Si je suis de retour à Pacific Pines, c'est pour vendre la maison et m'installer à New York avec l'argent. Je suis ici depuis six mois, à travailler à la bibliothèque et à passer du temps avec ma tante Mabel, la sœur bien plus âgée de ma mère.

Malheureusement, comme tout ce qui a un rapport avec ma mère, mettre la maison en vente n'est pas si simple. Je vais devoir la rafistoler d'abord. Entre les pignons décrochés, la peinture qui s'écaille – dedans comme dehors – et la pile d'objets rouillés dans le jardin...

Ce sera un projet titanesque. Et comme je n'ai pas beaucoup d'argent à investir dans les réparations, je fais la seule chose qu'une personne d'un mètre cinquante puisse raisonnablement faire. Aujourd'hui, je mets un peu d'huile de coude à l'ouvrage pour la première fois, et je trouve cela...

Eh bien, désagréable, pour être honnête.

Enfin non, pas tout à fait. Hier, j'ai passé toute la journée à ouvrir l'autre moitié de la maison, celle qui est restée vide pendant des années. J'étais curieuse de voir ce que j'allais y découvrir, alors j'ai ouvert les portes et les fenêtres, perturbant la tranquillité des moutons de poussière et des mites.

J'ai été un peu étonnée de constater que l'autre côté de la maison est identique à celui où je me suis installée. Des placards et du papier peint verts dans la cuisine. Un grand salon avec des sols en pierre, contrastant vivement avec le canapé et les fauteuils bas, jaunes comme le beurre. Les toilettes et salles de bains figurent toutes des teintes plus ou moins étonnantes de vert, de rose et de jaune.

Je me suis même rendue à l'étage et j'y ai trouvé les mêmes meubles de chambre que de mon côté de la demeure, en cèdre et en teck, les mêmes motifs géométriques marron et jaunes sur les draps. J'ai fait la même chose là-bas que de mon côté de ma maison ; j'ai ôté tout le linge de maison et l'ai remplacé avec mes achats. J'ai nettoyé les tapis, passé l'aspirateur sur les rideaux, et lavé chaque surface possible et imaginable.

D'accord, il faudrait que je remplace tout ou que je m'en débarrasse un jour ou l'autre, mais au moins pour l'instant, c'est relativement propre.

— Bonjour, Mlle Lake ! me lance un jeune garçon.

Je tourne la tête et protège mes yeux du soleil. C'est Sam Res, un visiteur régulier de la bibliothèque âgé de dix ans. Il porte sa tenue de base-ball.

— Bonjour, Sam. Comment ça va ?

— Bien. Je vais jouer au base-ball.

— Ah, super !

Il se gratte la tête.

— Ouais... j'aurais préféré aller à la bibliothèque. Vous y serez demain ?

— Oui ! De bonne heure, afin de tout préparer pour vous.

Sam sourit.

— D'accord, tant mieux. À demain, Mlle Lake !

— Au revoir, Sam, réponds-je, mais il s'est déjà éloigné en direction du terrain de base-ball.

Je gratte le reste de crasse à ma portée, puis je commence à descendre de l'échelle. Alors que je passe devant la fenêtre de l'étage, je m'étonne de voir que mon zoo personnel est réuni devant, à observer patiemment.

Muffin me fixe de son œil valide, sa petite queue de félin frémissante. Zack et Morris, mes deux labradors croisés, ont six pattes à eux deux. Ils aboient et se mettent à haleter avec enthousiasme lorsque je tapote la vitre. Sadie est ma chienne la plus exceptionnelle : c'est une Malamute aveugle et sourde, et elle penche la tête, tentant visiblement de comprendre pourquoi Zack et Morris sont tout excités.

Je souris et continue ma descente. Tous mes animaux sont considérés comme estropiés, d'une façon ou d'une autre, mais cela ne les rend que plus précieux à mes yeux. Une fois au sol, je vois un grand homme brun d'à peu près mon âge venir vers moi. Il a une petite fille d'environ deux ans dans les bras. Ses cheveux sont plus foncés que ceux de l'inconnu, mais quelque chose dans ses traits me dit qu'ils sont de la même famille.

Je regarde à droite et à gauche pour m'assurer que c'est bien à moi que cet homme vient parler. Il n'y a personne d'autre en vue, alors je me mets bien droite. Alors que l'homme approche, je réalise à quel point il est grand. Il doit bien y avoir quarante-cinq centimètres de différence entre nous.

En plus, il est canon, admets-je intérieurement. Des sourcils bruns en ailes d'oiseau au-dessus d'yeux vert vif, des pommettes hautes, des lèvres larges, un début de barbe de trois jours. Sa tenue est décontractée, un jean et un sweatshirt à capuche noir, ainsi que des bottes de type militaire, noires elles aussi. Et son corps aurait pu me faire rougir. Il est musclé et imposant de partout.

Eh ben !

— Bonjour, dis-je d'un ton léger et amical.

Il fait sauter la petite fille sur sa hanche et s'arrête devant moi. J'examine brièvement l'enfant ; elle porte un sweat à capuche gris et un caleçon bleu marine, avec de chaussures noires.

— Bonjour. Je suis Charlie Lawson.

Le timbre de sa voix est étonnamment grave et rocailleux. Il me donne un frisson d'excitation le long de l'échine. Soudain, je me sens coupable de fantasmer sur le mari d'une autre.

Enfin, pas trop coupable quand même. Sa femme partage son lit toutes les nuits, *elle.*

— Larkin Lake, réponds-je en lui tendant la main.

Il réajuste sa fille sur sa hanche puis la saisit. Quand ses doigts se referment sur les miens, je ressens une petite décharge électrique. Il lâche rapidement ma main.

— Voici ma fille, Sarah. Dis bonjour, Sarah.

La petite fille rit, révélant un sourire éblouissant.

— Bjouuuuuur.

Je ris à mon tour.

— Bonjour, Sarah !

— On mangeait à Dot's Diner, là-bas, dit-il en montrant le restaurant de l'autre côté de l'étendue d'herbe. Et j'ai demandé où je pouvais louer quelque chose dans le coin. La serveuse m'a conseillé de vous parler, que vous aviez un logement disponible.

Je me tourne et regarde ma maison les yeux plissés. J'ai un logement, en effet, mais ce n'est pas vraiment de notoriété publique. Ça m'apprendra à aérer l'autre côté de la maison. À présent, tout le monde est au courant.

— C'est vrai, dis-je avec lenteur. Mais c'est un peu vieillot. Tout date des années soixante-dix.

— C'est propre ? demande-t-il, les sourcils froncés.

— Euh, oui.

— Oui, répète Sarah d'un air très fier.

Son père ne réagit pas et la fait simplement rebondir sur sa hanche à nouveau.

— Le logement a deux chambres ? demande-t-il.

Je me mords la lèvre avant de répondre.

— Trois. Vous voulez... le voir ?

Il plisse les yeux un instant, peut-être pour essayer de déterminer si je lui inspire confiance.

— D'accord.

Je tourne les talons et leur fais monter les quelques marches qui mènent à la deuxième entrée, construite sur le même modèle que la première. Elle n'est pas aussi imposante que l'original, la porte faite de bois alors que la mienne est en verre trempé. Les deux entrées sont séparées par un mur, afin que chacune ait sa portion de porche privative.

— Je reviens tout de suite, dis-je à Charlie, qui continue de faire rebondir Sarah sur sa hanche. Je vais chercher les clés chez moi.

Je me dépêche de descendre les marches et d'aller à ma porte. Les clés se trouvent sur un crochet dans l'entrée, juste au-dessus d'une rangée de manteaux et une autre remplie de bottes pour la pluie.

Je les récupère et retourne voir Charlie et Sarah. Je brandis les clés comme preuve de mon succès, mais l'homme ne cille même pas.

— Alors, euh… vous emménagez ici avec votre… compagne ? je demande en déverrouillant la porte, que j'ouvre en grand.

— Com'paaagne, répète Sara.

Je lui souris.

— C'est bien ça, compagne, je roucoule en direction de la petite fille.

Je pense qu'il est hétéro, mais inutile de tirer des conclusions hâtives. Nous entrons et observons le salon.

— Non, répond enfin Charlie d'un air fermé qui n'invite pas d'autres questions. Seulement Sarah et moi.

— Ah, dis-je en grimaçant intérieurement.

Je remarque que Charlie n'éprouve pas le besoin de combler les silences avec des banalités. Pas comme moi, qui me sens angoissée face aux longues pauses.

Entre ça et ses bottes, j'en conclus qu'il était dans l'armée. Mon père était militaire, quand j'étais petite. Il avait la même posture, les mêmes yeux en perpétuel mouvement.

— Alors, si je peux me permettre de vous poser la question, qu'est-ce qui vous amène à Pacific Pines ?

— Je veux me rapprocher de ma famille, répond-il.

Il fait remuer Sarah sur sa hanche, et son attention se tourne vers la cuisine. Je le suis alors qu'il traverse le rez-de-chaussée.

— Qu'est-ce que vous faites, comme métier ?

Il ouvre l'un des placards verts, vide.

— Je suis à mon compte. L'argent n'est pas un problème.

Je hausse les sourcils.

— Ah ?

— Par terre, dit Sarah en tirant sur le pull de Charlie. Par terre.

Il jette un regard alentour, puis la pose.

— Vous pourriez la surveiller une seconde pendant que je vais voir les chambres ?

Je regarde Sarah, qui se dirige vers les placards de la cuisine et se met à ouvrir et fermer ceux du bas.

— Bien sûr, pas de problème.

Il disparaît vers le reste de la maison. Il est sans doute capable de trouver l'escalier tout seul. Sarah ne semble pas convaincue, cependant.

— Papa est parti ! me dit-elle, une expression de parfaite surprise au visage.

Le moment est venu de la distraire. Je la rejoins et me penche pour lui montrer le placard.

— C'est un placard, dis-je.

— Placa.

— Placard, je répète.

J'entends les bottes de Charlie dans l'escalier, puis je l'entends marcher en haut.

La petite fille me regarde d'un air très sérieux.

— Placareu.

— Mmm, je murmure.

Sarah se retourne et regarde autour d'elle.

— Où ? gémit-elle. Papa parti ?

— Hé, tu as vu ça ? je demande en ouvrant un tiroir. Regarde.

Son visage se fait curieux.

— Quoi ?

Je referme le tiroir, puis l'ouvre à nouveau. Elle s'approche et pose sa petite main sur la mienne pour refermer le tiroir. Puis elle me regarde.

— Fermé, dit-elle d'un air grave.

— Eh oui.

J'ouvre une nouvelle fois le tiroir, et elle m'observe d'un regard solennel. J'entends Charlie descendre les escaliers d'un pas lourd, et quelques secondes plus tard, il réapparaît dans la cuisine.

— Pa ! s'écrie Sarah en levant les bras en l'air.

Charlie la soulève. Elle semble ravie. La façon dont ses petits poings se referment sur le sweat-shirt de Charlie me serre la gorge d'une émotion que je ne saurais nommer.

— Ça me plaît bien, me dit-il. J'aimerais autant ne pas avoir de bail. Je paierai plus si nécessaire. Enfin, à condition que vous vouliez bien de nous.

— Eh bien, je n'avais pas prévu de louer le logement aussi tôt... alors je n'ai pas de contrat de location sous la main, de toute façon, dis-je en haussant les épaules. Qu'est-ce que vous diriez de... huit cents dollars par mois ?

Il ne bronche pas et hausse lui aussi les épaules.

— Très bien. Deux mois de loyer comme caution ?

J'écarquille les yeux. Ça fait beaucoup d'argent. Mais après tout, il a dit que ce n'était pas un problème pour lui.

— Oui.

— Je peux emménager tout de suite ? me demande-t-il.

— D'suite, répète Sarah, avant d'éclater de rire.

J'ai du mal à contenir un sourire.

— Oui, bien sûr. Vous avez beaucoup d'affaires ?

— Non. On doit avoir moins de six sacs chacun, c'est à peu près tout.

— Vraiment ? dis-je, surprise.

— Vraiment, répond-il en prenant son portefeuille.

Il en sort adroitement une liasse de billets pendant que Sarah tire sur la ficelle de sa capuche. Il compte les billets, puis me les donne.

— Tenez. Ça devrait faire mille six cents.

Il me met l'argent dans les mains.

— Super. Voilà les clés. Vous voulez que je surveille Sarah pendant que vous apportez vos sacs ?

— Nan, dit-il. Ça ira.

— Très bien, réponds-je en haussant les épaules. Alors à plus tard. Au revoir, Sarah.

Sarah énonce une série de mots sans queue ni tête que je décide de prendre pour un au revoir. Je regagne ma maison et mon échelle, que je fixe mon regard, les sourcils froncés.

Ma tâche me semble soudain bien moins intéressante. Je déplace l'échelle et grimpe à nouveau. Une fois tout en haut, sur la pointe des pieds, je parviens à apercevoir Charlie et Sarah, qui font des aller-retour sur la pelouse, probablement en direction de leur véhicule, quel qu'il soit.

Charlie est mystérieux, bien que séduisant. Mais je dois bien avouer que j'apprécie la vue...

Et Sarah est adorable, en plus.

Je pousse un soupir et me remets à décrasser les pignons.

3

CHARLIE

Je me réveille le lendemain matin nez à nez avec ma fille de deux ans, qui me regarde les sourcils froncés. Je l'ai couchée dans son parc, mais visiblement, elle est trop grande pour lui, car elle est en train de me grimper sur le torse.

Je reste allongé un instant, mon tee-shirt et mon bas de pyjama en coton toujours imprégnés de la sueur de mon cauchemar. La pièce dans laquelle nous nous trouvons me donne une drôle d'impression, et je mets un moment à me souvenir que c'est la première fois que nous passons la nuit ici.

Sarah me regarde, ses cheveux bruns sont ébouriffés. Elle ressemble à sa mère, et j'ai un pincement au cœur chaque fois que je la vois.

— Chmar ? me demande-t-elle.

— Un cauchemar, oui, je soupire en la déplaçant sur le côté du lit avant de m'asseoir. Tu as bien dormi ?

— Dormi ! gazouille-t-elle.

— Tu as envie de faire pipi ?

Sarah réfléchit, puis secoue la tête.

— Nan.

Je la regarde d'un air sceptique. Elle s'est mise à aller aux toilettes d'elle-même il y a environ un mois. Je suis toujours épaté qu'elle soit capable d'y aller toute seule.

— Tiré la chasse, dit-elle d'un ton neutre.

Ça doit vouloir dire qu'elle y est allée toute seule.

— D'accord. Tu as faim ? je demande en me levant.

— Oui ! s'exclame-t-elle.

Le simple fait de mentionner de la nourriture a le don de l'enthousiasmer. Elle adore manger, je n'y peux rien.

— D'accord. Allons-nous s'habiller, alors.

Nous effectuons notre routine matinale. Je parviens à la distraire avec des céréales sans lait et des dessins animés sur ma tablette le temps d'aller prendre une douche ultrarapide.

Finalement, le fait que je sois occupé à essayer de donner un bain à Sarah et à l'aider à choisir des vêtements tombe bien. Comme ça, je n'ai pas le temps de cogiter à propos de ce que je m'apprête à faire : me pointer sans prévenir chez mon père avec Sarah dans les bras.

Mon père ne me parle plus depuis que j'ai choisi de m'engager dans l'armée il y a près de dix ans. Nous nous sommes disputés parce que je lui ai demandé de prendre soin de ma mère de temps en temps pendant que j'étais au camp d'entraînement.

— J'ai pas divorcé pour rien, m'avait-il dit d'un ton cassant. Elle est tarée, cette garce.

Mais pas assez tarée pour que tu laisses pas ton jeune fils avec elle, apparemment, avais-je songé.

Ouais, il valait mieux que je me concentre sur le goûter et la culotte de rechange que je voulais emporter pour Sarah. J'étais devenu très doué pour ravaler mes peurs, pour m'inquiéter de ce qui était juste devant moi et ne pas penser à l'avenir.

Une heure et demie après que Sarah m'a réveillé, nous sommes tous les deux habillés et aussi prêts que possible. Je porte Sarah, ma sacoche d'ordinateur et le sac à langer dehors.

Je plisse les yeux face au soleil matinal alors que je rejoins ma sedan. Je vois la propriétaire, Larkin, fermer sa porte à clé.

Je détourne instinctivement le regard, mais cela me suffit à graver son image dans mon esprit.

Elle est toute menue, environ un mètre cinquante, et elle doit peser cinquante kilos toute mouillée. Elle a de longs cheveux blonds qui rebiquent un peu aux pointes et le visage en cœur, avec de grands yeux ambrés, un nez retroussé et une bouche qui m'évoque des idées impures.

Cette dernière réflexion me contrarie. Elle est habillée de façon plutôt discrète, avec une jupe rouge aux genoux, un haut bleu marine qui lui monte jusqu'au cou et un cardigan jaune.

— Bonjour ! dit Larkin en hissant un gros classeur plein de dossiers sur sa hanche. Coucou, Sarah.

Sarah émet un bruit ravi et remue dans mes bras. Elle salue Larkin de la main.

— Burger !

Larkin rit.

— Tu as l'air de bonne humeur, Mlle Sarah.

Ma fille répond avec une suite de mots sans queue ni tête.

— Elle est bavarde aujourd'hui, je crois, dis-je en me tournant vers ma voiture.

— C'est normal pour les enfants de son âge, je pense, répond Larkin en nous suivant.

— Vous êtes institutrice ? je demande en regardant de nouveau sa tenue.

— Bibliothécaire. Mais on reçoit souvent des enfants de ton âge, hein, Sarah ?

Sarah sourit et tape dans les mains. Elle doit adorer que l'on répète son prénom sans arrêt.

— À plus tard, dis-je en pressant le pas. Faut qu'on file.

Je laisse Larkin derrière nous et m'efforce de penser à notre visite surprise chez mon père. Je préfère penser à lui plutôt qu'à mon attirance pour ma propriétaire sexy.

La maison de mon père et sa boutique de bricolage ne se trouvent qu'à une rue l'une de l'autre. Je conduis d'abord jusqu'à la boutique, qui n'a pas changé. C'est un petit bâtiment avec un court toit gris, qui m'a toujours fait penser à un yorkshire avec une frange trop longue.

La pancarte à la porte dit que le magasin est fermé, alors je fais le tour du pâté de maisons et me gare devant le portail en fer forgé rouillé de la maison à deux niveaux de mon père. Je prends une inspiration alors que j'observe la pelouse trop longue et les numéros en plastique décollés sur la boîte aux lettres.

Ouaip. Cet endroit non plus n'a pas changé. La porte d'entrée s'ouvre, et ma belle-mère sort avec un balai pour nettoyer le porche. La pelouse est peut-être le domaine de mon père, mais visiblement, le porche est son espace à elle. Rosa a vieilli de dix ans, mais elle se déplace toujours bien, et n'a pas perdu la beauté guatémaltèque qui a ensorcelé mon père.

Sarah pousse un cri aigu en se tortillant pour que je la fasse sortir de son siège. Je vois Rosa lever les yeux vers ma voiture, stupéfaite, et je me tourne vers Sarah pour tenter de la calmer.

— Hé, Sarah ! dis-je du ton le plus enjoué. Tiens, ton jouet.

Elle se tait et presse la balle que je viens de lui donner.

— Balle.

Je me tourne de nouveau vers ma fenêtre et tombe nez à nez avec Rosa, qui tape sur la vitre. Je pousse un soupir et ouvre la fenêtre.

— Bonjour, Rosa.

— Charlie, sors de cette voiture tout de suite, m'ordonne-t-elle avec son accent marqué. Je veux te voir.

— Euh...

Je jette un regard à Sarah, qui fait joyeusement couiner sa balle.

— D'accord.

J'ouvre la portière et sors de la voiture. Je suis bien plus grand que Rosa. Elle met les mains sur ses hanches durant un instant et pince les lèvres. Puis elle sourit et me prend dans ses bras.

L'espace d'une seconde, je ne sais pas comment réagir. Je me crispe. Ça fait longtemps que personne d'autre que ma fille ne m'a pas montré d'affection. Puis je m'efforce de me détendre et je l'étreins sans enthousiasme.

— Tu es trop maigre, me gronde-t-elle. Tu manges ?

— On mange très bien, réponds-je en me dégageant.

Rosa regarde Sarah.

— Qui c'est ? C'est ta fille ?

Sarah lui adresse un sourire impertinent et agite sa balle en l'air.

— C'est Sarah, dis-je, presque un peu gêné que ma fille rencontre ses grands-parents dans ces circonstances.

Sarah ne peut soudain plus supporter d'être limitée dans ses mouvements et se débat dans son siège. Rosa claque la langue.

— Eh bien, ne reste pas là comme ça, sors-la de son siège !

J'ouvre la portière et détache Sarah, avant de la prendre dans mes bras et de fermer la voiture. Rosa regarde ma fille, les yeux embués.

— C'est ma première petite-fille, tu sais ? Tu aurais dû l'amener ici plus tôt.

Elle tend les bras à Sarah, mais ma fille n'a aucune envie de s'y jeter. Elle détourne la tête et la pose sur mon épaule, les poings fermés sur mon sweat-shirt à capuche.

— Désolé, dis-je en haussant les épaules. Elle a besoin d'une minute pour s'habituer aux gens.

Sauf avec la propriétaire, me dis-je.

— Pas de problème, dit Rosa en tapotant Sarah dans le dos. Venez, entrez. Dale et Jax seront contents de vous voir.

Elle traverse la pelouse, s'attendant à ce que je la suive.

— Jax a vingt-quatre ans maintenant, tu sais. Il est grand et fort, comme son père et son frère.

Demi-frère, je songe. *Je t'aime bien, Rosa, mais tu as volé mon père à ma mère. Je ne l'ai pas oublié. Tout comme je n'ai pas oublié que maman est morte pendant que j'étais en mission à l'étranger, sans personne pour veiller sur elle.*

Mais je garde mes réflexions pour moi. De toute façon, la situation avec ma mère est bien trop compliquée. Je préfère cacher la poussière sous le tapis plutôt que de mettre le sujet sur la table.

Rosa ouvre la porte d'entrée et pénètre dans la maison avant de me faire signe de la suivre. Le salon n'a pas changé depuis ma dernière visite. Il y a les mêmes fauteuils gris défoncés et le même canapé en daim marron, réunis autour de la vieille télé. Les mêmes photos de famille, agglutinées sur le mur tel un autel dédié à mon frère.

La grande surprise, c'est que mon père n'est pas assis dans son fauteuil avec une pile de cannettes de bière vides. Mais après tout, on est le matin. Il a encore le temps de s'y mettre.

— Dale ! Jax ! appelle Rosa. Venez voir qui j'ai trouvé dehors !

Nous passons par ce qui était autrefois la salle à manger... sauf que ce n'est plus une salle à manger. C'est...

Une petite salle de yoga.

Je reste bouche bée en voyant mon père et mon frère assis en tailleur sur des tapis de yoga verts. À l'époque, toute la pièce était couverte d'une affreuse moquette râpeuse, mais elle a été remplacée par du lino tout neuf.

— Charlie ! s'exclame mon père, surpris, avant de se lever. Qu'est-ce que tu fais là ?

Il est facile de comprendre d'où je tiens ma taille et mon physique ; regarder mon père, c'est comme regarder un miroir déformant. Il a les cheveux bruns et les yeux verts, même s'il est grisonnant. Maintenant que je l'ai en face de moi, je m'aperçois qu'il est plus mince que moi.

Et Jax est son clone, notre clone, même s'il a la peau un peu plus mate.

— Je venais vous rendre visite, dis-je.

Ce n'est pas tout à fait exact. Mais je ne suis déjà plus le centre de l'attention, car mon père a posé les yeux sur Sarah.

— Oooh... dit-il, encore plus bouche bée que moi en voyant la salle de yoga. Est-ce que c'est... ?

Je fais rebondir Sarah sur ma hanche, car elle se tortille pour que je la pose.

— Ouais. Sarah. Je ne veux pas la poser, de peur qu'elle détruise toute la maison.

— Par terre ! s'écrie Sarah.

Elle commence à être toute rouge, ce qui n'est pas bon signe. En général, ça présage un caprice.

— Par terre !

— Pose-la. Laisse-la visiter, dit Rosa.

Je jette un regard à mon père, qui hoche la tête. Je me penche et pose les pieds de ma fille par terre. Elle se précipite immédiatement vers la fenêtre et se met sur la pointe des pieds pour regarder dehors.

— C'est quoi ? demande-t-elle à Rosa.

Ma belle-mère, ravie d'être incluse, va s'agenouiller près de Sarah.

— C'est un arbre.

— Arbe, dit Sarah en fronçant les sourcils.

— Eh bien, dit Jax en se levant. Bonjour.

Il vient vers moi pour me prendre dans ses bras. Ça me fait une nouvelle fois un peu bizarre.

— Salut, mec. Contente de te voir, dis-je.

Jax me lâche et me regarde.

— Je suis désolé pour Britta. J'ai essayé plusieurs fois de te joindre...

C'est la vérité. Il a essayé, et mon père et Rosa aussi... ainsi qu'une centaine d'autres personnes. Je me suis contenté d'éteindre mon portable, puis de changer de numéro.

— Ouais... c'est... c'est ma faute, dis-je en me frottant la nuque. J'ai broyé du noir un moment.

C'est tout ce que je suis capable de dire sur les deux années passées, si je ne veux pas que mes yeux s'emplissent de larmes. Sarah était ma seule raison de vivre. Même maintenant, vivre est peut-être un bien grand mot.

Je ne sais pas comment appeler cette routine : me réveiller, travailler, coucher ma fille, puis pleurer désespérément dans mon oreiller dès que je suis sûr que Sarah ne peut pas m'entendre.

Mon père s'approche et me donne une tape dans le dos.

— On est contents que tu sois là maintenant, Charlie.

Je souris d'un air sinistre.

— En fait, j'ai loué un logement en ville.

Mon père et Jax me regardent avec des yeux ronds. Jax est le premier à prendre la parole :

— Pour... y vivre ?

— Oui, je croyais que tu nous rendais simplement visite, dit mon père d'un air décontenancé.

— Je me suis mal exprimé, dis-je en haussant les épaules.

J'ai du mal à ne pas me mettre sur la défensive, mais je fais de mon mieux.

— On sera là au moins quelques mois.

— C'est fantastique, Charlie, répond mon père. Vous devriez venir pour le repas du dimanche.

Le repas du dimanche était généralement le moment où mon père se saoulait et criait sur tous ceux qui avaient le malheur d'être là.

Je jette un regard à Sarah, qui a déserté la fenêtre pour tester les tapis de yoga. Elle soulève l'un des coins du tapis et regarde en dessous pour voir s'il y a un trésor caché. En voyant le sol, elle se renfrogne.

— Ouais, je ne crois pas, dis-je en secouant la tête. Je ne veux pas que Sarah soit en présence de gens qui boivent.

Mon père rougit.

— Je, euh... je ne bois plus depuis près d'une décennie. Il n'y a pas d'alcool pour le repas du dimanche. C'est le jour du Seigneur, après tout.

Je suis tellement stupéfait que j'en reste sans voix. Je n'ai jamais vu mon père complètement sobre.

— Oui, on invite souvent des paroissiens, intervient Jax. Tu devrais venir.

Du coin de l'œil, je vois Rosa étreindre Sarah. Ma fille hésite, puis pose la tête sur son épaule.

— On va y réfléchir, dis-je.

— Mince, il faut que j'y aille, s'exclame mon frère. Il faut que je prenne ma douche avant d'aller bosser.

Je hausse les sourcils.

— Ah bon ?

— Ouais. Il faut que je passe chez moi. Écoute, je t'appellerai, et on ira manger un bout ensemble.

Je dois bien avouer que quoi que mon père et Rosa ait fait avec Jax, il est bien élevé. Il traverse le salon d'un pas assuré. Je hoche vaguement la tête dans son dos.

— Nous aussi, on devrait y aller, dis-je.

— Déjà ? proteste Rosa, l'air très déçu.

— Ouais, je sais. Le boulot, je mens.

Je suis analyste d'affaires à mon compte, ce qui en langage moins technique veut dire que je gère mon emploi du temps comme je veux.

Rosa émet un nouveau petit bruit désapprobateur, mais elle n'insiste pas. Elle étreint Sarah une dernière fois.

— Au revoir, *reinita*.

— Au r'voir ? répète Sarah.

Elle a l'air un peu triste lorsque ma belle-mère se lève. Mon cœur se serre quand je réalise que Sarah n'a pas beaucoup connu d'affection féminine lors de sa courte vie.

— Réfléchis, pour dimanche, dit mon père. Chacun apporte un plat, alors va chercher un dessert au supermarché.

Il me fait un clin d'œil, et je dois faire des efforts pour garder une expression neutre. Qui est ce hippie amateur de yoga mince et sobre, et qu'a-t-il fait de mon père ?

— Ay ! lui lance Rosa.

Elle se tourne vers moi et ajoute :

— N'amène rien du tout, sauf ta *pobrecita*.

— D'accord, on va réfléchir, dis-je à nouveau en me baissant pour ramasser ma fille.

— Viens, je vais te raccompagner à la porte, dit Rosa telle une vraie mère poule.

— Au revoir, dis-je avant de tourner les talons et de sortir de là.

Sarah marmonne quelques mots incohérents en faisant coucou à ma belle-mère. Je vois Rosa se poser la main sur la poitrine alors que j'ouvre la porte.

J'ai à peine parcouru la moitié du chemin vers la voiture quand le visage de Sarah se chiffonne.

— Dame ! sanglote-t-elle en montrant la maison du doigt. Aller !

Je ne sais pas pourquoi Sarah s'attache autant aux gens, ces temps-ci. D'abord la propriétaire, et maintenant Rosa. J'ai beaucoup de mal à mettre ma fille dans son siège et à l'attacher.

Une fois la portière fermée, je prends un instant pour respirer. Je regarde la maison, et je vois que mon père et Rosa m'observent. Rosa lève la main dans un salut hésitant.

Je l'imite, puis je monte en voiture. Sarah hurle à pleins poumons alors que je démarre, empli d'une peur que je ne saurais définir.

4

LARKIN

Il est tard lundi matin lorsque je gare ma vieille Toyota Camry derrière ma maison. Mon week-end commence, car je suis de congé le mardi et le mercredi.

Ma semaine de travail à la bibliothèque m'a paru interminable, avec le grand chef qui insiste pour que nous en fassions plus plutôt que de pourvoir deux postes supplémentaires. J'ai passé toute la semaine à marcher sur des œufs pour ne pas me faire remarquer.

Alors quand je rentre chez moi et déverrouille la porte d'entrée, je suis particulièrement contente d'être là. Et encore plus quand je suis accueillie par ma ménagerie.

— Coucou ! je roucoule en direction de Morris, qui est le premier à fourrer son museau dans ma main. Coucou, les gars !

Zack pousse Morris pour prendre sa place, et Sadie s'avance à son tour. Je ferme la porte et suspends mon sac à main à son crochet, avant d'ôter mes ballerines dans un coin de l'entrée.

— Qui veut une friandise ?

Zack et Morris deviennent dingues et entraînent Sadie

dans leur folie. Je souris en traversant le salon jusqu'à la cuisine pour aller chercher le bol de friandises sur le plan de travail.

Je demande à tous les animaux de s'asseoir, m'assurant de tapoter le sol pour que Sadie puisse elle aussi participer. Pendant que les chiens mangent leurs récompenses, je sors le sac à friandises de Muffin.

En m'entendant faire, elle vient se frotter à mes jambes en ronronnant. Je lui donne sa récompense, puis la gratte derrière les oreilles alors qu'elle se régale.

Je retourne dans le salon et me laisse tomber dans le canapé bas. Je tire sur un fil de ma robe rose bonbon et pousse un soupir. Que c'est bon d'être chez soi !

J'entends la porte voisine se fermer dans un claquement étouffé, et je me mords la lèvre. Je suis curieuse de savoir ce que Charlie et Sarah ont fait ces derniers jours ; je n'ai presque pas eu de leurs nouvelles depuis leur emménagement.

Je pense à Charlie, avec sa carrure impressionnante et ses yeux verts perçants, et j'ai un frisson. J'ignore pourquoi, mais il m'intrigue beaucoup. Peut-être à cause de son côté stoïque, ou de la façon dont il regarde Sarah. Protecteur, mais aussi un peu déconnecté de ses émotions.

Et puis il y a aussi le fait que certaines des machines rouillées du jardin arrivent sur le porche, nettoyées et réparées. C'est forcément Charlie qui s'en occupe, mais j'ignore pourquoi.

Je ne sais pas. Mais quoi qu'il en soit, cela fait de lui une énigme que j'ai très envie de résoudre. Il faut que je comprenne qui il est, pour pouvoir me concentrer sur autre chose.

Je me lève et vais dans la cuisine. J'ai un énorme pichet de thé que j'ai laissé infuser au soleil toute la journée.

Si j'étais une super voisine, j'irais les voir avec ce thé, me dis-je.

J'enlève mon gilet blanc, saisis le pichet de thé ainsi que trois gobelets en plastique, puis je me dirige vers le logement voisin. Une fois devant la porte, je prends une grande inspiration.

Je peux le faire.

Je frappe. J'entends Sarah courir jusqu'à la porte avant que Charlie l'entrouvre pour que sa fille ne sorte pas. Il me regarde les yeux plissés, l'air un peu perdu.

— Oui ?

— Bonjour, dis-je en montrant mon pichet. J'ai juste... fait un peu de thé. Je voulais m'assurer que vous étiez bien installés. Vous savez, en bonne voisine.

Sarah pousse un cri perçant, et Charlie ouvre davantage la porte pour qu'elle puisse voir ce qui se passe.

— Lakin ! s'exclame-t-elle. Jus ?

— Oui, on dirait bien qu'elle nous apporte du jus, dit Charlie en reculant. Entrez, Larkin.

— Merci, dis-je en pénétrant dans le logement.

Sarah se jette sur mes jambes et les serre dans ses bras.

— Lakin !

Je lui souris, mais Charlie tente de la détourner de moi.

— Viens, Sarah, dit-il. Viens dans la cuisine pour que Larkin puisse te servir du thé.

Il soulève sa fille et l'emmène dans la cuisine. Je ferme la porte d'entrée avant de le suivre et de poser mon pichet sur le plan de travail. Alors que je sers le thé, je regarde autour de moi.

— C'est fou comme ce côté ressemble à ma partie de la maison, dis-je.

Charlie me jette un regard, les sourcils légèrement plissés. Il accepte le gobelet que je lui tends et en boit une gorgée avant de le donner à Sarah.

— Fais attention, l'avertit-il.

Elle prend une grande gorgée et pose le gobelet par terre. Le silence s'éternise. Les blancs dans la conversation, ça me stresse.

— Alors, euh... je commence en faisant tourner mon thé dans son gobelet. Pourquoi est-ce que vous vous êtes installés ici, déjà ?

Charlie plisse les yeux, et pendant un instant, je me demande s'il ne va pas me virer de son côté de la maison. Puis il hausse les épaules.

— On a de la famille dans le coin.

Je suis très curieuse de savoir d'où ils viennent... et qui ils n'ont PAS emmené avec eux... surtout la mère de Sarah. Je me mords la lèvre en espérant qu'il m'en dise plus.

— Bon jus, dit Sarah en me montrant son gobelet.

Charlie lui jette un regard et a un petit sourire. C'est la première fois que je le vois exprimer une émotion positive.

— Alors vous tentez de... renouer des liens avec votre famille ? je demande.

Il y a une nouvelle pause, et les sourcils de Charlie se froncent encore.

— Oui, j'imagine. Sarah n'a jamais passé de temps avec ce côté-là de sa famille.

Alors ça signifie qu'elle a passé du temps avec l'autre côté ? Mon cerveau tourne à plein régime pour essayer de comprendre quelle est leur histoire.

Sarah renverse le gobelet par terre et prend une expression si triste qu'elle est presque comique. Charlie est déjà parti chercher de l'essuie-tout pour éponger le thé.

— Mon jus ! gémit Sarah en ramassant le gobelet, ce qui a pour effet de répandre encore plus de liquide sur le sol.

— Attends, dit Charlie en s'accroupissant près d'elle pour nettoyer.

— Viens là, Sarah, dis-je en lui faisant signe. Tu peux boire le mien, d'accord ?

Sarah lâche son gobelet et s'élance vers moi avant de m'étreindre les jambes.

— Ci !

J'imagine que c'est sa façon de dire merci.

— De rien.

Je m'agenouille pour me mettre à sa hauteur et la laisse prendre quelques gorgées prudentes de mon thé. Je remarque que Charlie nous lance discrètement des regards alors qu'il nettoie le reste du thé, avant de se lever pour aller jeter l'essuie-tout à la poubelle. Je n'arrive pas à décider si le fait qu'il n'ose pas me regarder ouvertement est bon ou mauvais signe.

Je vois bien qu'il aimerait qu'on le laisse tranquille. Si Sarah n'existait pas, je l'aurais sans doute fait. Mais j'ai la forte impression que là où Charlie a envie de se cacher et d'être seul, Sarah veut rencontrer de nouvelles personnes et découvrir des choses.

J'ai envie de l'y aider. Et le fait que son père soit un mec mystérieux et super sexy ? C'est tout bénef, la cerise sur le gâteau.

Les énigmes, c'est ce que je préfère.

Afin de créer davantage de liens avec Sarah et de découvrir qui est Charlie, je vais devoir prolonger cette interaction. Il faut que je lui demande un service, que je m'arrange pour qu'il fasse quelque chose pour moi.

Je repense aux machines propres et réparées du jardin. Les mots sortent de ma bouche avant même que j'y réfléchisse.

— Hé, vous voulez bien jeter un œil à mon lave-vaisselle ? dis-je à brûle-pourpoint.

Il me jette un regard presque contrarié.

— Votre lave-vaisselle ?

— Oui, réponds-je, un peu nerveuse, les paumes en sueur et le visage rouge. J'ai remarqué que vous aviez nettoyé et réparé les machines qui se trouvaient dans le jardin...

Je pointai le pouce derrière mon épaule, comme si mon explication en devenait soudain plus claire.

Il fait la moue, mais ne dit pas non.

— Ouais, d'accord.

— Ça vous gêne si je porte Mlle Sarah ? je lui demande en me tournant vers sa fille.

Elle se met à me parler à toute vitesse, ses mots incompréhensibles pour la plupart.

Charlie hésite, puis hoche la tête.

— Non, non.

Alors que je soulève Sarah, j'ai l'impression d'avoir réussi une sorte d'examen. Charlie ne semble pas apprécier beaucoup de gens ou faire confiance facilement, mais il me laisse porter Sarah jusqu'à chez moi sans broncher.

Je nous fais entrer par la porte en verre trempé, et Sarah est ravie de découvrir ma collection d'animaux. Morris et Zack se précipitent à mes pieds, puis reniflent Sarah et Charlie d'un air prudent. Mais ils semblent satisfaits de ce qu'ils découvrent, car au bout d'une seconde, ils se mettent à remuer la queue.

— Chien ! s'écrie-t-elle en touchant les truffes curieuses de Zack et Morris, avant de se tourner vers son père. Papa, chien ?

Charlie me regarde d'un air hésitant.

— Il n'y a pas de risque pour une petite fille ?

— Aucun. Mais juste au cas où, je vais garder Sarah dans mes bras.

Sadie presse la truffe contre ma main, et je la caresse.

— Ça, c'est Sadie. Elle ne voit pas et n'entend pas. Et lui, c'est Morris, avec Zack. Ils ont tous des différences.

Sarah tend la main vers Sadie, qui la renifle. La petite fille éclate de rire et reprend sa main.

— Alors... le lave-vaisselle ? me rappelle Charlie.

— Ah oui, c'est vrai ! Venez dans la cuisine.

Je porte Sarah à travers le salon et lui fais faire le tour des meubles de cuisine en U. Je montre le lave-vaisselle du doigt.

— Juste là, dis-je avec un soupir. Je m'en sers comme d'un vaisselier depuis mon retour ici.

Charlie regarde le lave-vaisselle, qui doit avoir le même âge que moi. Il s'accroupit, les sourcils froncés, ouvre la porte, et tire le panier du bas. Même dans cette position, sa tête dépasse largement le haut du plan de travail.

Je fais rebondir Sarah sur ma hanche, en tentant de bien la maintenir, mais elle n'a pas envie de rester dans mes bras. Elle a compris que Sadie est prête à la laisser la caresser aussi longtemps qu'elle le voudra, alors elle veut redescendre.

Charlie nous jette un regard, le bras à l'intérieur du lave-vaisselle. Il en sort plusieurs pièces en plastique. Je vois les rouages tourner dans sa tête alors qu'il tâtonne.

— Ah, dit-il en hochant la tête. Oui, il est cassé. C'est une pièce pas chère du tout, simple à remplacer. Il vous suffit de la commander sur Amazon ou ce genre de sites.

— Par terre ! insiste Sarah en donnant des coups de poing et de pied. Chien !

Elle commence à devenir rouge de colère.

— Vous pouvez la poser, dit Charlie en faisant un geste

de la main vers le sol, avant de se lever et de s'épousseter les mains. Sinon, elle risque de piquer une crise.

Je la pose, et elle se précipite vers Morris, occupé à boire dans son bol à l'autre bout de la cuisine. Je reste juste derrière elle, prête à la défendre face aux chiens. Heureusement, même si Sarah tire les poils de Morris, il se contente d'essayer de la lécher.

— Vos chiens sont doux avec les enfants, fait remarquer Charlie. Je ne m'attendais pas à ça.

— Oui, enfin, Sarah n'est pas le premier enfant qu'ils rencontrent, dis-je en m'accroupissant pour caresser Morris. Zack et Morris sont chiens de thérapie, officiellement. Je les emmène parfois à la bibliothèque, pour écouter les enfants lire. C'est plutôt Sadie qui m'inquiétait, même si elle a déjà été en contact avec des enfants un peu plus vieux que Sarah sans qu'il y ait le moindre problème.

Charlie hoche la tête et regarde Sarah d'un regard intense.

— Alors, vous adoptez des chiens qui ont besoin d'aide ? me demande-t-il en s'appuyant au plan de travail.

— Des chats, aussi ! J'en ai un par là, mais elle est super timide.

— J'imagine que Sadie vous demande beaucoup de temps.

— Au début, oui. Je l'ai eue alors qu'elle était bébé, donnée par un éleveur qui ne savait pas quoi faire d'elle. Mais une fois que Sadie a compris les ordres... je marque une pause et tape deux fois du pied par terre. Sadie s'assoit immédiatement.

— Vous voulez bien la caresser ? je demande à Charlie, qui la gratte derrière les oreilles. Bref, maintenant qu'elle sait obéir, la vie est plutôt facile. N'est-ce pas ?

Zack est venu nous rejoindre, jaloux de l'attention que

Sarah porte à Morris. La petite fille est contente comme tout et caresse le chien à deux mains avec un grand sourire.

Je regarde Charlie tandis qu'il l'observe, et je remarque leurs ressemblances. Ils ont le même genre de pommettes, et les mêmes yeux verts. Je ne peux pas m'empêcher de penser à la pièce manquante, la mère qui a visiblement laissé une bonne partie de son patrimoine génétique à Sarah.

La petite fille continue de caresser joyeusement les chiens. Charlie sourit presque à nouveau, son visage lisse et débarrassé de ses rides d'inquiétude. Je me demande s'il se rend compte qu'il est mille fois plus beau quand il est presque content.

Je devrais bien me garder de trouver Charlie séduisant. Je suis censée passer un court moment à Pacific Pines, réparer la maison de ma mère et m'en aller d'ici.

Quant à Charlie... quoi qui se soit passé pour lui prendre sa compagne et le laisser dans cet état...

Ouais, je ferais mieux de ne pas m'en mêler. Mais je suis incapable de m'en empêcher, je veux savoir pourquoi Sarah et lui sont tout seuls.

— Je peux vous poser une question personnelle ? dis-je.

Charlie tourne brusquement son attention vers moi et se renfrogne à nouveau.

— Ça dépend, répond-il d'une voix si grave qu'il s'agit presque d'un grognement.

— Où est la M-A-M-A-N de Sarah ? j'épelle pour que la petite fille ne me comprenne pas.

Charlie prend immédiatement une expression neutre.

— On ferait mieux d'y aller.

Il ramasse Sarah d'un air meurtrier. La réponse à ma question doit être terrible. Charlie commence à partir et se dirige vers le salon.

— À une prochaine fois ? je demande en les suivant.
— Ouais.

Il regagne ma porte d'entrée à grands pas. Il l'ouvre, et une fois sortis, la porte claque derrière eux.

Je m'adosse au mur du salon en me demandant ce que j'ai bien pu faire.

5

CHARLIE

*F*outue *Larkin*, je songe en me tournant et me retournant dans mon lit. Je suis dans un demi-sommeil, pas endormi, mais pas complètement conscient non plus.

Je repense à l'après-midi de la veille. J'étais dans la cuisine, appuyé à un plan de travail qui était comme le mien, mais *pas le mien*, les bras croisés. Je regardais Sarah, ses cheveux bruns contre son pull blanc, ses mains potelées enfouies dans la fourrure des chiens.

J'avais également remarqué Larkin. Comment aurais-je pu ne pas le faire ? Elle est belle, c'est indéniable, avec ses longs cheveux blonds et ses yeux caramel enchanteurs. Je reste un homme, et elle a une silhouette en sablier parfaite.

Je ne suis pas insensible à ses charmes. Je n'ai pas oublié Britta – comment le pourrais-je ? –, mais en cet instant, je n'ai pas pensé à elle. J'avais pensé que c'était une bonne chose que Sarah aime bien notre voisine, et que cette dernière soit jolie, ce qui ne gâchait rien.

Je m'étais laissé piéger.

Puis Larkin a demandé ou était la M-A-M-A-N de Sarah.

Et tout s'est écroulé.

Je remue dans mon lit, m'enfonçant légèrement dans le sommeil.

Je rêve que je me trouve dans le siège passager d'un Humvee noir qui cahote sur les routes détruites près de Damas. Où que je tourne les yeux, le paysage a la même couleur de sable, et des dunes s'étendent à perte de vue.

Nous nous trouvons sur une route qui mène directement au nord de la ville. Çà et là, nous dépassons des sorties, parfois même une silhouette aux vêtements poussiéreux qui porte quelque chose sur le dos.

Sinon, il n'y a que les dunes. Damas est à peine visible au loin.

À cause de la climatisation, il fait aussi froid à l'intérieur du véhicule que dehors. J'ai la chair de poule sous mon tee-shirt en lin à manches longues.

À l'intérieur du Humvee, tout est noir ou kaki. Je jette un regard aux visages des trois hommes qui m'escortent jusqu'à Damas depuis la base aérienne de Rayak au Liban. Ils sont tous pareils, occupés à observer le désert au cas où un événement mettrait leur mission à mal.

Je remarque tout particulièrement le conducteur, le sergent Ellis Jordan. Ses traits ramassés vers le milieu du visage sont lisses, sa peau brune interrompue par son grand sourire et ses yeux perçants. S'il sourit lors d'un trajet aussi dangereux vers Damas, je parie que le sergent sourit en permanence.

Je pose les yeux sur mon sac marron et passe nerveusement les doigts sur le tissu rêche. Ce sac contient des papiers mystérieux d'une importance capitale. On m'a ordonné de les brûler si j'étais capturé, plutôt que de laisser nos ennemis les lire.

Je plisse les yeux derrière mes lunettes de soleil. J'ai hâte d'arriver à Damas. Je fais partie d'une équipe d'agents de la CIA réunis dans la capitale syrienne pour une mission top secrète. Je suis stressé à mort, et les hommes qui m'accompagnent semblent être dans le même état d'esprit.

J'aperçois plusieurs hommes vêtus de dishdashas sales, leurs têtes et leurs visages dissimulés par leurs keffiehs. Dans un autre endroit, à un autre moment, ces hommes seraient de simples brigands ou vagabonds, mais aujourd'hui, ils représentent pile ce qu'il faut que j'évite.

Le fait que nous roulions en Humvee aurait dû leur montrer que nous étions étrangers ; en Syrie, personne ne se déplace dans ce genre de véhicules.

Ces hommes étaient peut-être désespérés, ou stupides – ils l'étaient forcément, pour penser que s'en prendre à ce véhicule était une bonne idée.

— Merde, dit le sergent Ellis en jetant un œil dans le rétroviseur.

Je me tourne et vois d'autres hommes émerger des dunes derrière nous. Lorsque je me tourne de nouveau devant nous, j'écarquille les yeux. L'un des hommes porte une longue arme ayant l'air très lourde sur son épaule.

— Merde ! je souffle.

Un instant plus tard, l'homme tire, et une roquette se dirige droit vers nous.

C'est inévitable. La roquette va nous toucher, en plein dans le mille. Le temps s'étire.

Je me tourne vers le conducteur, mais le sergent Ellis n'est plus là. Dans mon rêve, c'est Britta qui conduit, ses boucles brunes rebondissant sur ses épaules alors qu'elle sourit comme une folle. Elle me jette un regard et pince les lèvres comme elle le faisait tout le temps en me taquinant.

— Qu'est-ce qui ne va pas ? demande-t-elle.
— Attention ! je lui lance.

Je me jette du côté conducteur pour tenter désespérément d'écarter le Humvee de la trajectoire de la roquette. Britta me sourit et pose sa main sur ma joue. Je ferme les paupières à son contact. Mes yeux s'emplissent de larmes.

— Oooh, Charlie. Tout ira bien. Tu sais que…

Puis la roquette nous frappe.

Je me réveille, couvert de sueur, haletant. *Où suis-je ? Où est Britta ?*

La mort de Britta met quelques secondes à me revenir. Mais quand je m'en souviens, tout est encore pire. Je me mets à saliver, comme avant de vomir.

Je roule sur le lit et tente de trouver un appui pour faire pendre ma tête hors du matelas. Je vomis tout ce que j'ai, pris de haut-le-cœur jusqu'à ce qu'il ne me reste plus que de la bile. Quand je parviens enfin à me reprendre, ma gorge me brûle. Je m'enfonce dans le matelas.

Je respire à fond, tentant de lutter contre une nausée intense. Ma sueur a traversé mon tee-shirt et mon short et trempé le matelas. Je baigne dans ma propre sueur, conscient que dans un instant, elle deviendra glaciale.

Je tourne la tête vers le petit lit de Sarah, à quelques mètres de là. Elle dort comme si de rien n'était, mais je doute que je sois resté silencieux. Un cauchemar sans cri, ce serait une première pour moi.

Regarder ma fille dormir paisiblement m'aide à me calmer, et alors que ma respiration ralentit, ma nausée diminue. Je me lève du lit et prends quelques vêtements propres dans un sac pas encore déballé, avant de me diriger vers la salle de bains accolée à la chambre.

Les carreaux sous mes pieds nus sont glacés. Je frissonne alors que je me déshabille et enfile rapidement un tee-shirt noir et un bas de pyjama gris. Je prends le temps de me brosser les dents, puis je sors de la pièce pour examiner l'endroit où j'ai vomi.

Je grimace, puis saisis l'une des serviettes de la salle de bains pour couvrir mon vomi. Je n'ai pas encore le courage de m'en occuper.

Je sors de la chambre sur la pointe des pieds et descends l'escalier. Je regarde les meubles du salon et secoue la tête. J'ai besoin de sortir, de prendre l'air.

Aussi discrètement que possible, je me rends sur le petit porche à l'arrière de la maison. Il fait très froid dehors, cinq degrés, peut-être. Je frissonne à nouveau, regrettant de ne pas avoir pris mon sweat-shirt à capuche, mais il se trouve à l'intérieur.

Trop loin, selon mes estimations.

Dehors, tout est calme et silencieux. Le porche ne fait qu'une dizaine de mètres carrés. Les deux côtés de la maison partagent le même porche arrière et le même grand jardin. Je suis content d'être face aux herbes trop hautes plutôt que face à la ville.

Je m'assois sur les marches et regarde la lune en silence. Je réalise que tous ceux que je connais dorment ; je crois que je ne me suis jamais senti aussi mélancolique qu'en cet instant.

Je m'efforce de me remémorer la fin de mon cauchemar. Encore maintenant, je me souviens de sa main sur ma joue. En fermant les yeux, je la sens presque sur ma peau mal rasée.

Si seulement je pouvais sentir la main de Britta une dernière fois.

Mes yeux brûlent. Je baisse la tête et tente de respirer. Ce qu'on ne nous dit pas à propos du chagrin, c'est qu'il arrive par vagues. Et comme dans l'océan, on est parfois frappé par un gros rouleau, et on se demande si l'on va y survivre.

Toujours assis, je prends un moment pour me souvenir. Mes larmes ne coulent pas, mais elles sont bien là, au bord de mes cils. Je les essuie.

Je fais tout ça pour Sarah, me dis-je pour la énième fois. Il n'y a qu'une chose qui soit pire que de perdre sa mère quand on est enfant… c'est de perdre ses deux parents.

Sans Sarah, je crois que je me serais tourné vers les vagues et les aurais laissées m'engloutir. Au lieu de cela, je tente laborieusement de remonter à la surface, car je refuse d'abandonner ma fille.

En plus, Britta détesterait que je me laisse aller à la dépression.

Mais bon, elle n'a plus vraiment son mot à dire, pas vrai ? Elle m'a laissé là, à m'occuper de notre fille, je songe amèrement.

Je ferme les yeux et me concentre sur ma respiration, comme me l'a enseigné le psy que j'allais voir pour mon stress post-traumatique deux ans et demi plus tôt ; ça paraît peut-être bête, mais inspirer par le nez et souffler par la bouche m'a sauvé bien des fois.

La lumière du porche s'allume, me faisant sursauter. Un instant plus tard, j'entends la porte de derrière s'ouvrir.

— Tout va bien ? me demande Larkin d'une voix pleine d'hésitation.

Je me tourne et vois qu'elle me regarde, en legging noir et sweat-shirt jaune. Je hoche lentement la tête.

— Ouais. Tout va bien.

Ce n'est pas tout à fait vrai, mais pas loin.

Elle éteint la lumière et me surprend en fermant la porte et en sortant sur le porche. Elle me rejoint sur la pointe des pieds et s'assoit.

Je la regarde, mais ses yeux sont tournés vers les étoiles.

Bon sang, qu'est-ce qu'elle est jolie en cet instant ! Ses

cheveux longs sont lâchés et lui tombent sur les épaules comme un voile blond. Le clair de lune lui illumine le visage, mettant en valeur son nez retroussé et les taches de rousseur qu'elle a sur les joues. Ses yeux sont grands et brillants, ses cils épais et bruns. Ses sourcils sont légèrement arqués alors qu'elle regarde vers le ciel. Je parcours les contours de ses lèvres avec les yeux, son arc de cupidon le plus parfait que Dieu ait jamais créé.

Elle met une seconde à remarquer mon regard et à se tourner vers moi en se mordillant la lèvre inférieure.

— Vous voulez rester seul ? demande-t-elle, avant de rougir légèrement. Dehors, je veux dire.

Je remarque qu'elle est tendue. Je hausse une épaule, incertain. J'étais occupé à me morfondre, mais elle m'a distrait.

— Non, ça va.

Elle me jette un regard, puis détourne les yeux. Le silence s'éternise entre nous, presque palpable.

Une part de moi a très envie de savoir ce que pense Larkin, mais une autre part de moi se ferme cette idée. Je ne devrais pas encourager des relations entre nous, même pas de l'amitié. J'ai essayé avec des mères de mon groupe de soutien, répondant à leurs questions et écoutant leurs histoires.

Tout ça pour être qualifié d'homme négatif et amer quand je repoussais leurs avances.

Mais en réalité, elles n'avaient pas tort. Pas du tout.

Larkin se lève et retourne chez elle un moment, mais en laissant la porte entrouverte. Dans l'entrebâillement, j'aperçois un chat siamois qui renifle prudemment ce qui l'entoure. Quand Larkin revient, elle ouvre brièvement la porte en grand, et je vois que le chat n'a qu'un œil d'un bleu perçant.

Larkin me tend une boule de flanelle, qui s'avère être une couverture. Je la remercie et m'enveloppe les épaules dedans. Elle est très chaude et incroyablement douce ; je songe immédiatement que Sarah adorerait ça.

Larkin se rassied alors que je jette un regard vers la fenêtre au-dessus de ma tête. Si Sarah faisait du bruit, je l'entendrais. Après tout, nous sommes à la campagne. À part le bruit des crickets de temps en temps, tout est silencieux.

— Je suis désolée pour tout à l'heure, dit Larkin à voix basse. Ça ne me regardait pas.

Je tourne les yeux vers elle et secoue la tête.

— Ma réaction était disproportionnée. Ce n'est pas vraiment un secret.

Je baisse les yeux sur mes mains et les plie sur mes genoux, avant de poursuivre :

— La mère de Sarah – ma femme, Britta – est morte juste après la naissance de notre fille. Dans un accident de voiture.

Je perçois les vagues d'horreur qui émanent de Larkin.

— Oh, dit-elle d'une voix si basse que je ne l'entends presque pas. Oh, Charlie. Je suis navrée.

Mes entrailles se serrent quand elle pose ses doigts fins sur mon poignet. Son contact est magique ; j'aurais juré avoir senti une étincelle entre nous, une énergie comme celle que je ressentais avec Britta.

Britta. Bordel, qu'est-ce que je fous ? Je suis complètement paumé. Je suis en train de me rapprocher d'une femme alors que j'en pleure une autre.

Je suis soudain de nouveau au fond du trou, plus malheureux que jamais. Je n'ai pas du tout envie que Larkin voie à quel point je suis triste. Je ne veux pas être obligé d'expliquer ce que je ressens à qui que ce soit.

— Oui, enfin bon. Faut que j'aille dormir, dis-je d'une voix cassée en me levant brusquement, me dégageant de la couverture.

J'évite le regard de Larkin en lui jetant la couverture. Je fais un effort surhumain pour ne pas rentrer chez moi en courant. Je sens les larmes me monter aux yeux alors que je referme la porte.

J'attends d'être au milieu du salon pour laisser les larmes prendre le dessus, rien qu'une minute.

6

LARKIN

Quelques jours plus tard, je rentre chez moi après ma journée à la bibliothèque, contente de ma robe jaune citron avec des poches, presque ivre de joie tant l'été est agréable.

C'est la fin d'après-midi, et le soleil chauffe assez pour que je me débarrasse de mon gilet et que je le fourre dans mon sac à main gigantesque. Même la brise fraîche ne parvient pas à gâcher cette journée superbe.

En plus, des bénévoles ont passé la journée à installer une scène et des tables pour le festival d'été. Ce festival est une tradition qui remonte aux années soixante-dix, et c'est le jour idéal pour cela.

— Larkin ! aboie une vieille dame à l'air sévère vêtue d'un jogging blanc et d'une visière assortie. Viens ici.

Mme Peet était l'une des amies de ma mère, et parfois, j'ai l'impression que j'aurai toujours douze ans à ses yeux. Mes pieds ont envie de continuer leur route, de faire comme si je n'avais pas entendu Mme Peet. Mais je prends sur moi.

Je me retourne avec un grand sourire, celui que je colle sur mon visage aux réunions et chez le dentiste.

— Bonjour, Mme Peet, dis-je en cachant mes yeux du soleil tout en m'approchant d'elle.

— Il paraît que quelqu'un vit dans l'autre partie de ta maison, dit-elle sans tourner autour du pot. Un très bel homme, en plus. Qui c'est ?

Je feins la surprise.

— Ah, M. Lawson ? Je ne sais pas grand-chose sur lui, pour être honnête.

Mme Peet me regarde froidement.

— Mmm. Comment ça se fait ?

Je souris de plus belle, tout le contraire de ce que je ressens.

— Je ne sais pas, madame.

— Tu l'as invité au festival ce soir ?

Mon cœur se met à battre la chamade. Mme Peet n'est pas la première personne à me demander ça aujourd'hui. Ce n'est même pas la quatrième.

— Non, réponds-je avec lenteur. Je ne sais même pas s'il est là.

— Dommage, dit Mme Peet en plissant le nez. À plus tard, ma grande.

Quand elle me tourne le dos, je grimace.

— Je suis impatiente.

Je tourne les talons pour rentrer chez moi en songeant à Charlie. Son expression l'autre nuit, quand il a roulé la couverture en boule et me l'a lancée avant de rentrer...

C'était de la colère, mêlée à une profonde tristesse. Mon cœur s'était serré pour lui. Je crois que c'est à ce moment-là que j'ai réalisé que Charlie est toujours convalescent, et qu'il panique dès qu'il se montre vulnérable.

La seule chose qui continue de le lier au monde extérieur semble être Sarah. Sans elle, j'imagine qu'il se serait transformé en un ermite un peu dingue qui vivrait au milieu des bois.

Charlie a besoin de s'intégrer davantage à la société, lentement, mais sûrement. Cette journée est l'occasion idéale pour le présenter à ses voisins, avec le festival d'été sur la place principale. Un groupe du coin jouera de la musique, et les villageois apporteront de la nourriture à partager tous ensemble. Tout le monde se baladera en papotant. Je serai là pour le présenter aux gens, et il pourra facilement s'enfuir s'il le souhaite.

Je rejoins la grande maison grise de ma mère et me place dans l'ombre du pan de porche de Charlie. Je frappe plusieurs fois et finis par l'entendre à l'intérieur, en direction de la porte.

Elle s'entrouvre et Charlie jette un regard dehors, grand et avec l'air... d'avoir la gueule de bois. Il a des cernes sous les yeux, il est mal rasé, ses vêtements sont froissés et ses cheveux sont un peu ébouriffés. En plus, il sent le whisky.

Je ne vois Sarah nulle part.

— Ouais ? dit-il en grimaçant face à la lumière du jour qui filtre par l'entrebâillement.

— Où est Sarah ? je lui demande d'un ton brusque.

Il semble offensé.

— Elle regarde des dessins animés avec des écouteurs. Pourquoi ?

Je tente de me dresser de toute ma taille, car je le sens déjà plein de résistance. Je serre les mâchoires.

— Une grande fête va commencer sur la place principale dans une vingtaine de minutes, et je pense que vous devriez venir, tous les deux, dis-je le plus fermement possible.

— Non, répond-il en commençant à fermer la porte.

Je suis plus rapide que lui, cependant, et je parviens à

passer le pied dans la porte avant qu'il puisse la fermer. Je lui adresse un sourire dur.

— À quand remonte la dernière sortie de Sarah ?

Charlie pose les yeux sur sa fille, même si moi, je ne peux pas la voir d'ici. Il prend une inspiration, réfléchit.

— Je ne sais pas, admet-il en haussant les épaules. Deux ou trois jours. J'étais... occupé.

— Ne le prenez pas mal, mais ce n'est pas une vie, pour un enfant. Laissez-la sortir avec moi, au moins. Il fait un temps superbe, dehors, et il y aura de la nourriture et d'autres enfants avec qui jouer.

Il plisse le front alors qu'il réfléchit.

— Bon, d'accord. Je vous accompagne, pour la surveiller. Mais seulement quelques minutes.

— Vous voulez que je la garde pendant que vous prenez une douche ? je demande d'un ton faussement innocent.

Sa barbe de trois jours ne fera peut-être peur à personne, mais son odeur, si.

Charlie semble un peu vexé, mais il ouvre la porte en grand et recule.

— Très bien. Entrez.

— Ça vous dérange si je la surveille chez moi ? Il faut que je nourrisse et sorte les animaux avant qu'on y aille, dis-je en entrant. Elle adorera ça, vous pouvez me croire.

Ses yeux plissés et ses mâchoires serrées m'avertissent que je ne suis pas loin de franchir la ligne rouge.

— Si vous voulez. Je vais prendre ma douche.

Je trouve Sarah, vêtue d'une adorable robe bleue avec un legging rose à pois bleus. Elle est effectivement tout excitée à l'idée de m'aider à nourrir et promener mes amis à quatre pattes. C'est la petite fille la plus heureuse du monde alors qu'elle caresse Zack et Morris en même temps pendant qu'ils mangent.

Quand Charlie frappe à ma porte, j'entends déjà le groupe jouer sur la place. Je prends Sarah dans mes bras et vais ouvrir la porte avec elle. Dommage que je ne me sois pas préparée pour mon voisin, qui attend que je lui ouvre, un bras appuyé sur le cadre de la porte.

Je déglutis. Il est tout en noir, de son jean à son sweat-shirt à capuche. Ses manches moulent ses bras musclés à tous les bons endroits.

Dans une autre vie, je lui aurais sauté dessus, car il est particulièrement appétissant.

— J'ai apporté un pull pour Sarah, dit-il en m'arrachant à ma contemplation.

Il me fait signe de lui rendre sa fille.

— Quoi ? Ah... oui, c'est une bonne idée, dis-je en rougissant.

Je lui tends Sarah. Je suis un peu hébétée. D'accord, je savais que Charlie était beau, mais là... j'en suis restée sans voix un moment.

— Euh... je vais chercher mes tartes avant qu'on y aille, je balbutie.

J'ai besoin d'une excuse pour m'éloigner un moment, mais il faut également que j'aille chercher mes trois tartes aux mûres.

Je me précipite dans la cuisine et manque de trébucher sur Muffin tant j'ai la tête ailleurs.

Il faut que tu te calmes, me dis-je sévèrement. *Tu viens juste de réussir à convaincre Charlie de sortir un moment, pas besoin de tout foutre en l'air en... bavant devant lui. En plus, tu sais très bien que ce serait une mauvaise idée.*

Et j'ai raison. S'il n'était pas aussi affecté par la mort de son ex, je me permettrais peut-être de craquer sur lui. Mais il souffre trop, il est hanté par trop de fantômes.

Ça ne veut pas dire que je n'ai pas le droit de me rincer

l'œil... tant qu'il ne me voit pas faire. J'ai le droit de l'admirer de loin.

J'empile les tartes sur le plat à trois niveaux en verre, froid contre mes paumes. Elles sentent divinement bon. Cette variété de mûres, la marionberry, est typique de la région. Je les porte jusqu'à l'entrée et attrape mes clés en sortant.

Charlie est sur le porche avec Sarah dans les bras. Elle lui raconte comment nous avons nourri les chiens.

— Je caresse, dit-elle d'un air ravi. Ils mangent.

Charlie me jette un regard, puis pose les yeux sur mes tartes.

— Pour le festival ?

Je souris.

— Oui. Je les ai faites hier soir.

— Ah, dit-il en descendant les marches. Il me semblait bien avoir senti une bonne odeur, mais je n'y ai pas vraiment fait attention.

Je rougis, bien qu'il ne me complimente pas vraiment. Nous commençons à traverser la place en direction de la scène. Dessus, trois bénévoles hissent une bannière sur laquelle est écrit « Festival d'Été ».

Des gens arrivent déjà par deux ou trois et posent leurs plats sur les tables installées à distance de la scène. Il y a surtout des couples avec enfants et des petits groupes d'adolescents. Eux s'éclipseront bientôt pour aller faire la fête ailleurs, mais ils ne voudraient pas rater toute cette nourriture gratuite.

— Elmo ! dit soudain Sarah en bondissant avec enthousiasme.

— Tu aimes bien 5 rue Sésame ? je lui demande.

Elle réfléchit un instant avec un adorable air concentré.

— Oui ! déclare-t-elle.

— Elle regarde ça tous les matins, confirme Charlie. Pas vrai ?

— Oui ! répète Sarah en hochant la tête.

Je sens de nombreux regards curieux sur nous alors que nous nous rendons vers les tables remplies de victuailles. Je pose les tartes et les découvre. Avant que je puisse finir, des vieilles dames ont déjà encerclé Charlie.

— Bonsoir, vous, dit Martha Stocksbury, son rouge à lèvres rose fuchsia de la même teinte que son jogging. Et qui est donc cette petite fille ?

Elle chatouille Sarah, qui cache vite sa tête dans le cou de son père. Je vois la lutte intérieure de Charlie sur son visage, son envie de fuir face à son envie que Sarah rencontre du monde.

— Bonsoir, Martha, dis-je en me plaçant entre elle et mon voisin. Je vous présente Charlie, qui a les mains pleines. Et ce petit ouistiti tout timide, c'est Sarah, sa fille.

Avant que Charlie puisse en placer une, une bande de vieilles dames s'approche pour lui dire bonsoir et poser un tas de questions. Je souris et réponds du mieux que je peux à sa place, avec l'impression d'être une gardienne de but pendant un penalty.

Sarah finit par s'apercevoir que des enfants de son âge jouent ensemble, et elle tire sur le sweat-shirt de son père.

— Papa, je veux !

Charlie regarde les enfants d'un air indécis, mais je suis certaine que ce genre d'échanges ferait le plus grand bien à la petite fille.

— Vous nous excusez ? dis-je à Mme Bond, qui est tout aussi aimable qu'elle est vieille. Sarah a envie de jouer.

— Bien sûr, ma chère !

Mme Bond s'éloigne avec son déambulateur.

J'attrape Charlie par le coude et lui fais un clin d'œil

alors que je le guide doucement vers le demi-cercle de parents. Il s'agenouille et Sarah bondit de ses bras pour rejoindre un petit garçon à quatre pattes dans l'herbe.

— Joue ? demande-t-elle d'un air interrogateur.

— Cheval ! répond-il avant d'émettre une sorte de hennissement.

Sarah se met elle aussi à quatre pattes et imite le petit garçon, faisant comme s'ils broutaient de l'herbe.

— Alors ? dis-je à Charlie avec un petit coup de coude dans ses côtes.

Il émet un petit bruit évasif et ne quitte pas Sarah des yeux une seconde. Je réalise qu'il s'agit peut-être de la première fois qu'elle lui préfère un nouvel ami. Je ravale un sourire.

Je reste à côté de Charlie un long moment, à regarder Sarah jouer avec quatre enfants différents. Alors que le soleil se couche, Sarah commence à fatiguer, et va chercher du réconfort dans les bras de son père. Je leur suggère d'aller nous asseoir sur un banc pour profiter des dernières lueurs de l'après-midi.

Charlie ouvre la marche en direction du banc le plus éloigné du groupe. J'ai un sourire en coin ; c'est bien son genre, de ne pas aimer le groupe.

Alors nous nous asseyons, en silence, et nous regardons les gens alors que les lampadaires s'allument. J'ai assez bavardé pour aujourd'hui, je n'ai plus l'énergie de parler. Sarah s'endort contre mon bras. Je lève la main, d'abord hésitante, puis lui caresse les cheveux.

Je n'ai jamais touché de cheveux aussi doux. Cela me fait sourire. Charlie ne bronche pas, alors je me détends et je continue.

Alors que nous sommes assis, un unique feu d'artifice s'élève dans le ciel, une étincelle d'or qui explose dans un grand *boum*. Charlie bondit sur ses pieds, et je le regarde. Son visage est exsangue.

— Il faut qu'on y aille, dit-il les dents serrées en étreignant Sarah.

— Quoi...

Mais il la porte déjà vers la maison. Je lui cours après et vois tout son corps sursauter lorsqu'un autre pétard explose derrière nous.

Oh... C'est les feux d'artifice qui le perturbent.

Sarah se réveille et je l'entends qui se met à pleurer. Charlie se met à courir à toute vitesse, et je l'imite. Il se précipite vers sa porte, se jette à l'intérieur et se laisse tomber à genoux. Je le suis et claque sa porte derrière nous.

— Papa ! sanglote Sarah en se tortillant pour se libérer.

Il se met à quatre pattes pour protéger sa fille de son corps. Je ne sais pas quoi faire, alors je m'agenouille à côté de lui et place une main sur son dos large. Son sweat-shirt est humide, et tout son corps tremble.

Sarah continue de se débattre, de plus en plus impatiente.

— Vous me laissez la prendre ? je murmure.

Après une longue hésitation, il se relève légèrement, permettant ainsi à Sarah de se dégager. Elle s'allonge sur le sol et pleure pendant une ou deux minutes. Charlie tremble, en sueur, en pleine crise lui aussi, recroquevillé.

— Tout va bien, leur dis-je à tous les deux en les touchant avec douceur. Tout va bien. Il ne vous arrivera rien.

Les feux d'artifice cessent aussi brusquement qu'ils ont commencé, et Sarah s'endort en pleurant. Elle est tellement fatiguée qu'il me semble naturel de la porter jusqu'au canapé et de la couvrir d'une couverture.

Quand je rejoins Charlie, il semble s'être un peu repris

et est allongé sur le dos. Il a les yeux fixés sur le mur, comme s'il pouvait y percer un trou avec son regard.

— Vous vous sentez mieux ? je demande en me mordant la lèvre, les yeux baissés sur lui.

Il tourne la tête pour me regarder, et je vois immédiatement ce qu'il tente de cacher à tout le monde, y compris moi. Il semble anéanti, angoissé, et des larmes brillent dans ses yeux.

Je meurs d'envie de le réconforter, mais j'ignore comment, et je ne sais pas s'il me laisserait faire.

Il se contente de hocher la tête, avant de se tourner de nouveau vers le mur. Quand il prend la parole, il a la voix rocailleuse.

— Merci. Vous pouvez y aller.

Je jette un regard à Sarah, qui dort à poings fermés, puis à Charlie. Mon cœur se serre à nouveau pour lui, et encore une fois, je sais qu'il n'y a rien que je puisse dire ou faire pour arranger les choses.

— Je suis juste à côté, dis-je en me dirigeant vers la porte. Si vous avez besoin de moi, n'hésitez pas, de jour comme de nuit.

Il se contente de hocher la tête et pousse un souffle tremblant. Je sors sans savoir s'il m'a entendue.

Une chose est sûre : quand je vois Charlie, je vois un animal exotique, un lion avec une épine dans la patte. Et comme fidèle à moi-même, j'ai envie de l'aider.

Le souci, c'est que les hommes qui souffrent, je les trouve irrésistibles. Savoir qu'en eux se cache un puits profond et sombre me fait quelque chose. Et quand je suis près de lui, je ressens...

Eh bien, je ne suis pas très sûre. Mais je crains un peu de m'être trop approchée de ces eaux bleu-noir.

7

CHARLIE

*J*e suis en voiture avec Sarah, au téléphone grâce à la connexion Bluetooth, en chemin pour la maison de mon père. Rosa et lui m'ont supplié d'emmener Sarah passer la journée là-bas, comme ça, pour passer un moment avec elle.

Aujourd'hui, je compte tenter le coup, au moins un moment.

— Non, ce n'est pas... parviens-je à dire avant que la mère de Britta, Hélène, m'interrompe.

— Si tu tiens à emménager sur la côte, pourquoi diable choisir Pacific Pines ? me demande-t-elle d'une voix encore plus nasillarde que d'habitude. Nous possédons plein de propriétés ici à Seaside que nous pouvons te louer. Tu serais assez proche pour que je passe vous voir ! Et je connais des gens dans les conseils d'administration des écoles du coin, pour quand Sarah ira...

Je serre les dents. La perspective d'être assez proche d'Hélène pour qu'elle *passe nous voir* est terrifiante. C'est une femme bon chic bon genre, dont l'habitat naturel est la côte de l'Oregon. Nous ne nous entendions pas avant la mort de Britta, et à présent, Hélène estime qu'elle devrait voir sa petite-fille plus souvent que je ne la laisse faire.

— Je vous l'ai déjà dit, j'explique avec lenteur pour la énième fois. J'ai emménagé ici pour me rapprocher de ma famille.

— Nous *sommes* ta famille ! s'exclame Hélène. Je te le dis, mon chéri, je ne comprends pas. Si c'est une question d'argent…

— Comme je vous l'ai déjà dit, Sarah et moi nous en sortons très bien. Écoutez, Hélène, il faut que j'y aille, dis-je en me garant devant chez mon père.

— Mais nous n'avons même pas parlé de…

— Au revoir, Hélène, je grogne avant de couper la communication.

— R'voir ! chantonne Sarah sur la banquette arrière. R'voir r'voir r'voir !

Je laisse Sarah chez mon père et Rosa avec une bonne dose d'hésitation, même si je sais qu'elle ne sera qu'à vingt minutes de moi. *Que pourrait-il arriver de si grave ?* Est un jeu réservé à ceux qui n'ont jamais vécu le même genre de drame que ma fille et moi.

Après avoir laissé une Sarah rieuse dans les bras de ma belle-mère, je rentre chez moi. Je ne sais pas quoi faire de moi. J'ai effectué tout mon travail pour les jours à venir, et sans Sarah pour me changer les idées…

J'ai déjà passé assez de temps à réfléchir à mon existence et aux grandes questions de la vie. Sans Sarah, c'est tout ce qu'il me reste à faire.

Pas aujourd'hui, me promets-je.

Je me dirige vers la cuisine et j'ouvre le frigo pour prendre l'une des bières que je me suis forcé à acheter au supermarché. Ça ne vaut pas le whisky, mais la Hefewizen que j'ai achetée est assez bonne.

Par la fenêtre de la cuisine, j'aperçois Larkin qui s'attache les cheveux sur le porche de derrière. Je bois une gorgée de bière et l'examine machinalement de la tête aux pieds ; elle porte un gros sweat-shirt gris et un jean qui moule ses fesses à la perfection.

Si j'étais quelqu'un d'autre, je trouverais Larkin Lake très sexy. Durant un instant, j'imagine un monde dans lequel rien ne me retiendrait. Il aurait suffi d'un regard à l'homme que j'étais à vingt ans pour savoir que nous finirions à l'horizontale dans une étreinte passionnée.

Mais désormais ? Honnêtement, je ne me vois pas sortir avec qui que ce soit, de toute ma vie. D'accord, j'avais du mal à imaginer l'avenir. Je vivais au jour le jour, cela m'était indispensable.

Alors que je l'observe, Larkin saute du porche. Elle marche dans la pelouse qui lui arrive aux chevilles et regarde les morceaux de métal qui étaient autrefois des machines à laver, des tondeuses à gazon et Dieu sait quoi d'autre.

Elle commence par une vieille machine qui devait être un lave-vaisselle, l'attrape par un bout et tente de la soulever. Le poids et la taille de la machine la font grimacer. Je comprends immédiatement qu'elle aura beaucoup de mal à le faire toute seule.

Je pose ma bière. Mes parents m'ont peut-être mal élevé, mais je ne peux quand même pas la laisser se débrouiller.

Je sors, content de porter un vieux jean avec mon tee-shirt et mon sweat-shirt à capuche. Larkin me regarde émerger sous les rayons du soleil. Elle plisse les yeux et tire sur un coin du lave-vaisselle.

— Salut, dis-je en traversant la pelouse pour l'arrêter. Attendez, laissez-moi prendre l'autre coin.

— Oh, vous n'êtes pas obligé, dit-elle, les sourcils froncés.

Je remarque malgré moi que son sweat-shirt gris fait ressortir ses yeux caramel.

— Vous croyez vraiment que je vais vous regarder soulever ce truc toute seule ? Je ne veux pas être désagréable, mais vous êtes trop petite pour porter ces machines.

Elle lève les yeux au ciel et glisse une mèche blonde échappée de sa queue de cheval derrière son oreille.

— Mais non, dit-elle.

Je lui adresse un regard sceptique, et elle rit. J'aime son rire ; il semble sortir profondément de sa petite carrure, un rire de ventre.

— Bon, d'accord, concède-t-elle. Et si vous m'aidiez à faire ça, et que je vous faisais à déjeuner pour vous récompenser de vos efforts ?

— Ça marche, dis-je. Prête ?

Ensemble, nous déplaçons plusieurs machines rouillées dans le jardin latéral, qui est bien tondu.

— Le reste de la pelouse semble être entretenu régulièrement, fais-je remarquer alors que nous poursuivons nos efforts. Comment le jardin de derrière en est-il arrivé là ?

— Ah. Euh... c'est là que ma mère entreposait ses projets, répond-elle en regardant derrière elle pour ne pas trébucher avec la vieille machine à laver que nous portons. Elle était incapable de jeter quoi que ce soit qui puisse toujours servir. Ce n'était pas pathologique non plus... mais elle n'achetait rien simplement pour le plaisir. Surtout si elle pouvait réparer quelque chose à la place.

— Je perçois une pointe de désapprobation dans votre voix.

Elle fronce les sourcils un instant.

— C'était quelqu'un d'exaspérant, j'imagine.

Nous continuons d'avancer tout en parlant. Entre le soleil de fin de matinée et nos efforts, je commence à avoir assez chaud pour regretter d'avoir mis un sweat-shirt.

— Alors... j'imagine que si votre mère n'est plus là, c'est qu'elle est...

Je sens ses yeux s'attarder sur moi durant une longue minute avant qu'elle réponde.

— Oui. Elle est décédée il y a quatre ans.

Je marque une pause. Son ton n'est pas vraiment triste. Il est plutôt... dénué d'émotion. Il y a sans doute des informations à dénicher sur sa mère, mais je ne pose pas de questions indiscrètes.

— Vous voulez quelque chose à boire ? me demande-t-elle en s'essuyant le front. Je dois bien admettre que je suis déjà en sueur.

— Oui, moi aussi. Je veux bien boire quelque chose.

Elle m'adresse un sourire.

— Venez. J'ai préparé de la citronnade hier.

Je la suis sur le porche de derrière jusqu'à son côté de la maison. Alors qu'elle m'ouvre la porte, je réalise soudain à quel point je suis plus grand qu'elle. Je pourrais la casser en deux si facilement, s'il m'en prenait l'envie.

Larkin n'a pas conscience de ce qui me passe par la tête, cependant. Elle est trop occupée à verser de la citronnade dans deux verres. Elle m'en donne un, et nos doigts se touchent alors que je le prends. Je m'empresse d'en boire une gorgée.

La citronnade est très sucrée, mais très acide à la fois. Elle me fait saliver à chaque gorgée. Je regarde Larkin boire à grands traits, voit sa gorge bouger lorsqu'elle avale.

Elle pousse un petit *ah* satisfait quand elle a fini, et sa langue d'un rose parfait vient attraper une goutte oubliée sur sa lèvre inférieure.

Pour une raison inconnue, cela me met dans tous mes états. Il faut que je dise quelque chose, que je m'éclaircisse les idées.

— Alors, vous avez toujours vécu ici ? je demande en détournant les yeux.

Il est plus facile de regarder les affreux placards de cuisine que de penser au désir que je viens de ressentir. Larkin secoue la tête.

— Non. J'ai grandi ici, mais je suis partie pour aller à la fac. J'étais impatiente de me tirer d'ici.

Je hausse les sourcils.

— Ah bon ?

— Oui, répond-elle en faisant tourner la citronnade dans son verre. Ma mère supervisait toutes les écoles du comté. Elle... enfin, ce n'était pas une personne très facile à vivre.

Voilà qui éveille ma curiosité.

— Quoi, elle reprenait trop souvent vos fautes de grammaire ?

Larkin secoue lentement la tête et baisse les yeux.

— Non. Enfin, si, mais... ma mère était... c'était difficile de la satisfaire. Elle me présentait aux autres comme un exemple d'élève modèle. Mais en privé, elle m'en demandait beaucoup trop pour remplir ses attentes.

Elle se mord la lèvre et poursuit :

— Quand je n'étais pas à la hauteur, ce qui arrivait souvent, il y avait des... répercussions. Très sévères. Et comme elle vantait toujours mes mérites devant les profs et les autres parents, je n'avais jamais aucun ami.

Ouah. Je ne m'attendais pas à ça. Je regarde Larkin, qui est visiblement toujours perturbée par ce passé. Il y a un léger pli sur son front, que j'aurais aimé lisser si j'en avais eu le pouvoir.

— Et votre père ?

Elle lève ses yeux caramel vers moi, me clouant sur place. L'ombre d'un sourire joue sur ses lèvres.

— Quel père ? Ma mère a eu pas mal d'amants, beaucoup d'entre eux des hommes mariés de Pacific Pines, mais elle n'a jamais gardé le même très longtemps.

— Ah. Maintenant je comprends pourquoi vous étiez impatiente de quitter la ville, dis-je en vidant le reste de ma citronnade. Quand êtes-vous revenue ?

Elle sourit.

— Ça ne fait que six mois environ. Je n'ai pas l'intention de m'éterniser ; je ne serais même pas revenue si ma mère ne m'avait pas laissé la maison sur les bras.

— Je suis désolé qu'elle soit décédée.

Elle hausse les épaules.

— Ça va. Elle a eu une sacrée vie. Toute la ville l'appelait Big Ruth, d'ailleurs, et pas pour rien.

— Prête à retourner dehors ? je demande en lui montrant le jardin.

— Ouaip, répond-elle.

Elle ouvre la marche jusqu'à la pelouse trop haute. Elle regarde un peu partout dans le jardin et me montre ce qui devait être un morceau de voiture.

— Pourquoi pas celui-là ?

— D'accord. C'est moi qui recule, cette fois, dis-je en agrippant un coin de l'objet, sans faire attention à la rouille qui s'effrite sous mes doigts. Un, deux, trois...

Nous déplaçons encore quelques pièces avant que Larkin décide de relancer la conversation.

— Où est-ce que vous viviez avant d'emménager ici ? me demande-t-elle, avant de grimacer en posant le coin d'une vieille télé sur son pied. Aïe !

— Attention, dis-je. Je viens de Portland. Je crois que je

vous l'ai déjà dit, mais je voulais nous rapprocher des grands-parents de Sarah, maternels et paternels. Et puis j'avais aussi besoin de... de me trouver dans un endroit qui ne me rappelait pas constamment ce que j'ai perdu, j'imagine. C'était soit ça, soit aller sur la côte est pour me rapprocher de mon boulot. Ici, ça me semblait bien, pour l'instant.

Je m'attends à ce qu'elle passe en mode sauveuse, qu'elle tente de me consoler ou quelque chose du genre, mais elle n'en fait rien. Elle se contente de répondre :

— Eh bien, je suis contente que vous ayez emménagé ici, tous les deux.

Je ne sais pas quoi répondre à ça, alors je lui adresse simplement un demi-sourire. Elle regarde dans le jardin, marche dans les herbes les plus hautes et annonce :

— Bon, on a déplacé la plupart des grosses choses... alors maintenant, le problème...

Elle trébuche contre quelque chose d'invisible à mes yeux, assez fort pour tomber sur les fesses. La douleur sur son visage ainsi que le cri de détresse qu'elle pousse suffisent à me faire lâcher la table de jardin rouillée que je porte. J'accours à ses côtés.

— Une seconde, une seconde, dis-je quand elle tente sans succès de se relever. Vous arriverez à marcher ?

— Non...

Elle lève un pied pour l'examiner. Elle a une entaille longue et mince sur la plante.

— Merde. Heureusement que je suis vaccinée contre le tétanos.

— D'accord, dis-je en avançant prudemment. Laissez-moi vous aider à rentrer chez vous. On nettoiera la plaie. Le plus tôt sera le mieux.

— Vous n'êtes pas obligé de...

Je la coupe en me penchant pour la soulever dans mes

bras. Durant quelques secondes, nous restons hébétés face à la sensation de nos corps l'un contre l'autre. Elle me passe un bras autour du cou... puis me regarde droit dans les yeux.

Ses iris caramel rencontrent les miens, et un lien se crée avec une étincelle, un courant électrique qui passe d'elle à moi. Je resserre mon étreinte un instant.

Ça... elle et moi... l'espace d'une seconde, ça me paraît naturel. Inévitable. Et bon sang, tellement bon !

Larkin me regarde, les joues roses, et sort la langue sans s'en rendre compte pour se lécher la lèvre. Son geste est si sensuel et fortuit que j'en ai le souffle coupé.

Par-dessus le marché, je commence à avoir une érection. Heureusement, elle choisit ce moment pour prendre la parole :

— Faites attention où vous mettez les pieds. Il ne faudrait pas qu'on finisse tous les deux par souffrir.

Je fronce les sourcils. Je sais qu'elle parle de son entaille et du jardin, mais durant un instant, j'ai une autre impression. Comme si elle parlait de ce qui vient de se passer entre nous.

— Bien sûr, dis-je en tournant mon attention sur la terre sous mes pieds. Ce serait dommage.

Je la porte à l'intérieur et la pose sur le canapé. Je vais chercher sa trousse de premiers secours. Je m'assure qu'elle a tout ce qu'il lui faut.

Puis je me tire de chez elle, loin de ses yeux, loin de sa sphère d'influence. Je vais faire un footing à une allure punitive, me flagellant à chaque foulée.

8

LARKIN

Saletés de plinthes, je songe. Je suis agenouillée près de la porte d'entrée, un marteau à la main, et j'utilise la panne pour essayer d'arracher les vieilles plinthes du mur. Je tire à leur extrémité et parviens à les détacher de plusieurs centimètres.

Les chiens essayent de se rendre utiles en remuant la queue, un peu trop près de moi. Je n'arrête pas de les chasser régulièrement, car je ne suis pas sûre de très bien savoir me servir d'un marteau.

Remplacer ces plinthes est le prochain point sur ma liste de choses à faire avant de pouvoir vendre la maison. Des années et des années de meubles déplacés sans faire attention ont abîmé les plinthes, surtout dans l'entrée, où je me trouve.

Je me remets à les décoller du mur, et je suis récompensée quand un gros morceau se détache. Bien sûr, parce que j'ai mis trop d'enthousiasme à la tâche, je tombe en arrière et atterris sur les fesses.

— Aïe, dis-je d'un air renfrogné. Ça fait vachement mal.

Morris s'approche pour me lécher le visage. Zack fait les cent pas, nerveux, en faisant claquer sa queue sur le sol.

— Ouais, c'est bon, dis-je en repoussant mon chien au bout de quelques instants. Tu es mignon comme tout, mais tu ne m'aides pas beaucoup.

Alors que je me lève tout en m'époussetant les fesses, quelqu'un frappe à la porte. Tous les chiens se mettent à aboyer, même Sadie. Ses aboiements à elle sont un peu bizarres, comme étouffés par une chaussette coincée dans sa gorge.

Je vais ouvrir la porte, et je me retrouve face à Charlie, qui a une grosse boîte poussiéreuse dans les bras. Il est tout renfrogné, grand et beau, son apparence habituelle, je crois.

Je ne l'ai pas vu depuis qu'il m'a portée chez moi l'autre jour. Je ne m'attendais pas à le revoir aussi vite, et encore moins à recevoir une visite surprise de sa part.

Chaque fois que quelque chose d'un tant soit peu ambigu se produit entre nous, je m'attends à ce qu'il fasse l'autruche un moment. Je ne suis même pas fâchée ; c'est simplement comme cela qu'il fonctionne.

— Bonjour, dis-je en protégeant mes yeux du soleil qui filtre par l'entrée. Et en montrant la boîte d'un signe de tête. Qu'est-ce que vous avez là ?

— Je l'ai trouvée dans un placard à l'étage, répond Charlie. On dirait des effets personnels.

— Apportez-moi ça, dis-je en ouvrant grand la porte pour lui faire signe d'entrer. Faites-moi voir ce que c'est.

Il se rend dans le salon et pose la boîte sur la table basse, puis se penche pour caresser les chiens, qui se disputent ses faveurs.

Je le vois qui me regarde, comme pour s'il faisait un inventaire. L'espace d'un instant, je regrette d'avoir mis un vieux bas de jogging et un tee-shirt trop grand, mais bon, tant pis.

J'ouvre le couvercle de la boîte avec précaution pour ne pas envoyer la couche de poussière qui le recouvre dans tous les coins. Une fois la boîte ouverte, je vois plusieurs choses qui me font plaquer une main sur ma bouche.

Il y a une pile de photos d'enfance, quelques trophées et une jolie boîte à musique en bois. Je prends la première photo de la pile et la tiens comme une fleur fragile.

Je regarde le cliché, les yeux plissés, car elle est a du grain. Il date visiblement des années quatre-vingt. Je suis sur la photo. Je dois avoir l'âge de Sarah, et je porte une robe rose pleine de nœuds.

Un homme et une femme d'âge mûr sont également présents, tous deux avec une expression stoïque au visage. La femme me porte sur ses genoux, même si je suis manifestement sur le point de me tortiller.

— Je crois que c'est les parents de ma mère, dis-je en jetant un regard à Charlie.

Je retourne la photo. Il est écrit *Maman, Papa et Larkin – Printemps 1989*.

— Je peux regarder ? me demande-t-il.
— Bien sûr, dis-je en lui donnant la photo.

Je tourne mon attention sur la boîte à musique et soulève son couvercle avec deux doigts. Quand elle est ouverte, une minuscule ballerine se met à tourner sur une petite plateforme, et une version métallique du Lac des Cygnes retentit.

Mes yeux s'embuent alors que je passe le doigt sur un bracelet en or finement ouvragé. Je me rappelle l'avoir reçu pour mes six ans. Il se trouvait dans une élégante boîte couverte de velours noir. Quand je l'avais ouverte et avais découvert ce qui se trouvait à l'intérieur, j'étais tellement contente que j'avais poussé un cri.

Puis je me souviens que ma mère m'avait arraché la boîte des mains. « Tu es trop jeune pour posséder quelque chose d'aussi précieux. Tu le perdrais. Je vais le mettre dans un endroit sûr. »

Je n'avais jamais revu ce bracelet, mais apparemment, ma mère avait tenu parole.

— Hé, dit Charlie en me rendant ma photo.

Je le regarde d'un air surpris. Pendant un instant, j'ai complètement oublié sa présence.

— Hé vous-même, je réponds en m'éclaircissant la gorge.

Il passe d'un pied sur l'autre et se frotte la nuque d'un air mal à l'aise.

— Je voulais m'excuser pour l'autre jour, dans votre jardin.

Je hausse les sourcils. Je ne m'attendais pas à ça.

— Ah ? dis-je avec une moue.

J'avais beaucoup pensé à ce qui s'était passé dans le jardin, mais je n'avais rien à reprocher à Charlie.

— Ouais, je... Ne vous moquez pas de moi, mais je m'étais mis en tête que vous me draguiez, admet-il en passant les doigts sur le bord de la boîte.

Je deviens immédiatement rouge comme une tomate. Il n'a pas vraiment tort sur mes intentions ; s'il m'avait regardée une seconde de plus avec ses yeux vert forêt, j'aurais tenté de l'embrasser.

Mais il ne l'avait pas fait, alors je m'étais abstenue. Il me dévisage, tentant de déchiffrer ma réaction. Je me mords la lèvre et hausse les épaules.

— C'est oublié, dis-je.

Il faut absolument que je change de sujet, alors j'attrape

le trophée le plus proche. Il est léger, en plastique, mais peint en doré.

— Regardez, première place au concours d'orthographe de l'école primaire.

Je lui jette le trophée. Il le saisit, l'air impressionné.

— Première place, hein ? s'émerveille-t-il en l'admirant sous tous les angles.

— Oh, j'ai sans doute reçu d'autres trophées pour la deuxième ou la troisième place, mais Big Ruth n'a pas dû me laisser les rapporter à la maison. Elle appelait ça les trophées de la pitié.

— Oh, dit-il d'un ton hésitant. C'est dur.

— Ouaip. La plupart des autres enfants avaient leur bulletin de notes affiché sur le frigo, s'il était bon. Pas moi. Ma mère ne faisait figurer que les notes parfaites. En dessous de 18/20, j'avais des ennuis.

Je soupire et referme la boîte à musique, puis je prends la deuxième photo de la pile.

— Oh, regardez ! J'ai quatre ans sur ce cliché, j'essaye de faire du vélo.

Je lui montre la photo. Je regarde l'appareil d'un air grave en tenant mon vélo rose par le guidon.

— Les expressions neutres avaient la cote dans votre famille, fait-il remarquer avec un petit sourire.

— Sans doute l'influence de ma mère. Attendez, je suis sûre qu'il doit y en avoir une dans la pile...

Je fouille dans la boîte. La poussière finit par m'atteindre, et j'éternue trois fois de suite.

Les chiens apparaissent comme si je les avais appelés, et je leur fais une grimace.

— À vos souhaits, me dit Charlie.

— Merci. Ah, voilà une photo de ma mère.

Je sors le cliché de la pile et le lui tends. Il l'examine

durant un instant et dit :

— Je n'arrive pas à croire que c'est votre mère. Je m'attendais à ce qu'elle vous ressemble.

Je plisse le nez.

— Mouais. Big Ruth faisait un mètre soixante-quinze et pesait bien plus lourd que moi. On n'avait pas grand-chose en commun, pour les gènes comme pour le reste.

— Mmm, dit-il simplement. J'aurais dû prendre plus de photos de Sarah quand elle était bébé. Je crois que je n'en ai prises que quelques-unes, ces deux dernières années.

— Il n'est pas trop tard pour s'y mettre, je l'encourage.

Étonnamment, cela me vaut un autre demi-sourire de sa part.

— Quoi ? je demande, perplexe.

— Rien, répond-il en ravalant son amusement.

— C'est ça, je rétorque en levant les yeux au ciel.

— Bon, je devrais vraiment y aller. Il faut que je retourne de notre côté de la maison avant que Sarah se réveille de sa sieste toute seule.

— D'accord, dis-je en reposant la pile de photos. Merci de m'avoir apporté la boîte.

Durant un instant, il semble hésiter.

— Est-ce que vous, euh... est-ce que vous voudriez venir manger une part de tarte avec Sarah et moi, demain ? J'ai vu qu'ils en avaient à la mûre à Dot's Diner, et je me suis dit que ça vous tenterait peut-être.

Je hausse les sourcils si vite que j'ai l'impression qu'ils vont toucher le plafond.

— Est-ce que c'est... je commence en agitant les mains.

Je ne suis même pas sûre de savoir ce que je veux dire exactement.

— Ce n'est pas un rencard, dit-il d'un ton ferme en

secouant la tête. J'ai juste promis à Sarah qu'on irait. Ce n'est pas grand-chose.

À présent, c'est à mon tour de contenir un sourire.

— Ça me ferait très plaisir.

— Ah bon ? D'accord.

Il ébouriffe ses cheveux bruns et ajoute :

— Quatorze heures, ça vous va ?

— En fait, je travaille jusqu'à seize heures, dis-je d'un ton désolé.

— Très bien, seize heures trente, alors.

Il se tourne pour partir, puis marque une pause.

— On se retrouve là-bas ? demande-t-il.

J'émets un petit rire.

— C'est un non-rencard, après tout.

Il me fait son fameux demi-sourire, puis sors de la maison. Je reste là un moment, les yeux tournés sur l'endroit qu'il vient de quitter, et je me demande.

Comment ça se passe, un non-rencard ?

9
CHARLIE

— Va ? demande Sarah en montrant le marchand de glace du doigt.

Alors que je marche jusqu'à la devanture verte de Dot's Diner, je porte ma fille sur ma hanche.

— Pas aujourd'hui. On retrouve Larkin, tu te souviens ?

— Lak ! Lak ! hurle Sarah dans mon oreille.

— Ouaip, dis-je d'un air absent.

J'ouvre la porte chromée du restaurant et pose les yeux sur le comptoir en formica blanc reluisant qui en fait le tour. Une serveuse s'active derrière la caisse, et se tourne pour crier une commande par l'ouverture de la cuisine.

— On rejoint Larkin pour manger de la tarte, j'explique à Sarah.

— Miam ! s'exclame-t-elle d'une voix plus forte que jamais.

Quelques clients se retournent sur leurs banquettes en cuir rouge pour la regarder. Larkin n'est pas encore là, alors je choisis un box dans un coin du restaurant, loin des autres personnes présentes.

Je pose Sarah sur la banquette et cherche une chaise

haute des yeux. Ma fille ramasse immédiatement le sel et la poivre sur la table propre comme un sou neuf, le sourire aux lèvres.

Elle sort une suite de mots sans queue ni tête, et je la fais taire.

— Chut, on est à l'intérieur, là. Il faut parler tout bas. Maintenant, décale-toi.

Elle se déplace et je m'assois sur la banquette, qui s'enfonce sous mon poids.

— Papa ! dit Sarah. Papa, sucre ?

Elle me tend le sel, et je le lui prends des mains. La serveuse arrive dans son uniforme vert chlorophylle, ses cheveux un drôle de mélange de roux et de racines grises. Si elle a moins de quatre-vingts ans, je suis la reine d'Angleterre.

Elle mâche ostensiblement un chewing-gum et le fait claquer alors qu'elle sort son calepin.

— Je m'appelle Darlene, dit-elle d'une voix de grosse fumeuse. Vous avez besoin d'un siège pour elle ?

Je regarde ma fille.

— Oui. D'une chaise haute, si vous avez.

— Bien sûr, bien sûr. Vous voulez boire quelque chose ?

— Un café pour moi. Et... un jus de pomme pour elle.

— Bien sûr, bien sûr, dit la serveuse en s'éloignant.

Je vois Larkin entrer dans le *diner,* ses cheveux blonds relevés dans un chignon élégant. Elle porte une robe violette légère et un gilet blanc, et son visage s'illumine lorsqu'elle nous voit.

— Coucou ! lance-t-elle à Sarah en se glissant sur la banquette libre. Quoi, pas de chaise haute ?

— Laaaaaak ! s'écrie Sarah à pleins poumons.

Larkin et moi la faisons immédiatement taire, Larkin en étouffant un rire.

— Bonjour, Sarah, dit-elle en sortant une grue en origami de son sac à main. Regarde ce que je t'ai apporté. On les a fabriquées à la bibliothèque aujourd'hui.

Sarah la prend dans la paume ouverte de Larkin, l'air plus qu'impressionnée par son cadeau.

— Qu'est-ce que tu dis à Larkin ? je lui demande pour l'encourager.

— Quoi ? dit Sarah.

— Tu as dit merci ?

Sarah regarde Larkin.

— Merci !

La serveuse revient avec une chaise haute marron pour ma fille.

— Tenez.

Je l'accepte et me lève pour installer Sarah. Cela me prend un moment, mais je finis par l'asseoir dans la chaise, et je m'assois.

— Je peux avoir du thé glacé ? demanda Larkin.

— Bien sûr, répond la serveuse. Vous voulez quelque chose à manger ?

— De la tarte, dis-je. Deux parts à la mûre.

Darlene écrit sur son calepin avant de disparaître à nouveau. Larkin sourit à Sarah, qui joue avec sa grue en papier.

— Oiseau ! dit Sarah.

— Oui, oiseau, répète Larkin avant de me regarder. Aujourd'hui, on célébrait la culture japonaise à la bibliothèque.

— Le Japon est sur ma liste d'endroits à visiter, dis-je en m'enfonçant dans la banquette en cuir. Avant la naissance de Sarah, je visitais un pays différent chaque année.

Larkin sourit.

— J'imagine que Sarah ne sera pas prête à voyager avec vous avant quelques années.

Je hoche la tête.

— Ouais. Je n'ai même pas envie de penser à un avenir aussi lointain.

La serveuse nous apporte nos boissons. Je la remercie et donne son jus de pomme à Sarah avant de boire une gorgée de mon café brûlant. Il n'est pas mauvais du tout, et j'émets un petit son satisfait.

— Alors, c'est ça votre grand projet ? me demande Larkin en agitant la main vers la fenêtre. Emménager à Pacific Pines, je veux dire.

Je me renfrogne légèrement.

— Ouais, j'imagine. Je...

Je marque une pause et prends une inspiration.

— J'avais beaucoup de projets, avant la mort de Britta. Des projets qui se sont... Enfin, ça me paraissait futile de faire des projets, après ça.

Elle fronce les sourcils.

— Ah, oui. Bien sûr. Désolée, je ne voulais pas remettre en question vos plans pour l'avenir. C'était juste une remarque en passant.

— Oui. Je sais, dis-je en secouant la tête, un petit sourire aux lèvres. C'est un sujet de conversation un peu plombant pour cette après-midi, je crois.

— Carrément, répond-elle en sirotant son thé glacé. Pourtant... c'est ce que j'ai souvent à l'esprit, en ce moment.

— Quoi, l'avenir ?

— Je pense beaucoup au fait que je ne m'étais jamais imaginé revenir à Pacific Pines, dit-elle en haussant les épaules.

Darlene nous apporte deux parts de tarte, et nous la remercions. Je tire la mienne vers moi et me sers de ma cuillère pour en couper un morceau pour Sarah. Elle le goûte avec enthousiasme.

Je jette un regard à Larkin, qui nous regarde, Sarah et moi d'un air patient. Je hausse les épaules à mon tour.

— Moi non plus, je ne me voyais pas venir ici. Dans ma tête, mon avenir était tout tracé. Sarah aurait bientôt un petit frère, Britta arrêterait de travailler et resterait à la maison avec les enfants. On achèterait une maison à Portland, on louerait des vélos et on partirait en vacances au lac Tahoe.

Je donne une autre bouchée de tarte à ma fille, puis j'ajoute :

— Vous savez ce qu'on dit. Vous voulez faire rire Dieu ? Parlez-lui de vos projets.

Larkin se mord la lèvre et baisse les yeux en jouant avec sa paille.

— Oui, j'imagine... dit-elle en faisant traîner sa phrase.

— Enfin, réjouissons-nous d'être là tous les deux, j'imagine, dis-je en levant ma tasse.

Elle lève son verre et nous trinquons. Elle a un sourire triste au visage.

— Oui, c'est important de penser à toutes les choses que j'aime dans ma vie. Je travaille dans le monde du livre, ce qui est une chance. J'adore l'odeur des livres neufs, qui sortent tout juste de leur carton. Je fais les mots croisés du *New York Times* toutes les semaines. J'adore mes animaux...

— C'est vrai que c'est important de penser aux choses positives qu'on a dans la vie, admets-je. Je devrais sans doute le faire plus souvent.

Larkin m'adresse un regard.

— Vous n'avez pas encore goûté la tarte.

J'en mange un morceau et grimace.

— Beurk. C'est trop sucré. Sarah, pourquoi tu aimes autant ça ?

Pour seule réponse, ma fille s'écrie :

— Gâteau !

— Presque, je soupire. C'est une tarte d'anniversaire.

Larkin me regarde les yeux plissés.

— L'anniversaire de qui ?

— Le mien, je lui avoue.

Elle tape sur la table dans un grand bruit.

— C'est votre anniversaire aujourd'hui, et vous... quoi, vous le fêtez avec une part de tarte ?

— Hé, au moins je le fête, dis-je en pointant le doigt vers elle. Je n'étais pas obligé de vous le dire.

Elle sourit.

— Bon d'accord, c'est vrai. Mais vous devez au moins me laisser payer.

Je chasse cette idée d'un geste de la main.

— Hors de question.

— Si ! insiste-t-elle. Ne m'obligez pas à rappeler la serveuse pour lui dire que c'est votre anniversaire. J'en suis capable, attention.

Je me tourne vers Darlene, qui débarrasse un box à l'autre bout de la salle avec lenteur.

— D'accord. À une condition.

— Laquelle ? demande Larkin avec un sourire.

— On laisse de l'argent sur la table et on se tire d'ici. Sarah va finir avec plein de caries, si on reste ici.

Larkin hausse les sourcils.

— Ça marche.

Elle fouille dans son sac et pose un billet de vingt dollars sur la table. Je nettoie les mains de Sarah avec une serviette, puis nous sortons tous les trois.

Dehors, il fait toujours très beau, autour de vingt degrés. J'ajuste Sarah sur ma hanche et je regarde autour de moi.

— On devrait marcher jusqu'au parc, propose Larkin en me montrant la direction opposée à celle de la maison. Le temps est trop beau pour rentrer.

— Je ne savais pas qu'il y avait un parc, réponds-je en protégeant mes yeux du soleil. Ouvrez la marche.

Je suis Larkin alors qu'elle nous fait quitter la place principale. Tout en marchant, elle parle de son travail, du fait qu'elle aime être en contact avec les enfants. Je me contente d'écouter et de regarder autour de moi.

Après plusieurs rues résidentielles aux jardins manucurés, une zone boisée apparaît devant nous. Une pancarte indique qu'il s'agit du parc Winters.

Nous suivons l'un des sentiers au milieu de la végétation peu dense. Sarah se met à crier pour que je la pose, alors je m'exécute et la surveille avec attention. Je repère des trilles, leurs fleurs blanches à trois pétales contrastant avec la verdure.

— Regarde, Sarah, dis-je en les montrant du doigt. Regarde les fleurs.

— Fleu ! croasse-t-elle.

— Quand j'étais petite, j'aimais aller dans les bois pour ramasser des trilles, dit Larkin en croisant les bras, les yeux baissés alors qu'elle marche. Ma mère m'interdisait de les ramener à la maison, alors j'en faisais des couronnes de fleurs que je laissais dans le jardin.

— Ah oui ?

Je la regarde et me demande ce qui m'intéresse chez cette fille. Ce n'est pas son travail, ni sa maison. Ce ne sont pas ses manies ou ses passe-temps. Pourtant, dès que j'obtiens la moindre information sur elle, aussi petite soit-elle, je la savoure.

Tous les indices qu'elle me donne forment une toile qui se tisse peu à peu pour me piéger. Je suis attiré, lentement et inexorablement, quoi que je fasse.

— Mmm, répond-elle en hochant la tête. Je les appelais mon trillion de trilles. Je trouvais que c'était un super nom.

Le sentier devient plus étroit, et bientôt, je suis obligé de marcher juste à côté de Larkin. Nos mains se touchent parfois. Sarah se trouve quelques mètres devant nous ; elle s'arrête pour examiner une petite pile de pierres, et elle les fait tomber puis les empile à nouveau.

Je m'arrête et patiente. Larkin aussi. Elle me regarde. Elle fronce les sourcils et tend les mains vers mon visage. Durant un instant, le cœur battant, je ne suis conscient que de ma langue, du fait qu'elle est toute petite à côté de moi.

— Vous avez une poussière dans les cheveux, dit-elle d'une voix douce en me touchant brièvement la tête.

Elle est toute proche, à présent, si proche que je sens la chaleur de son corps contre le mien. Je sens son parfum, vanillé avec une note de bois de santal.

Elle lève les yeux vers moi et ouvre la bouche, sur le point de parler. Je me penche, refermant instinctivement l'espace entre nous, et je l'embrasse. Mes lèvres touchent les siennes, mes yeux se ferment un instant.

Ce contact est électrique et se répand jusque dans mes bras, mes mains, ma poitrine.

Oui, m'encourage une petite voix. *Prends ce qui te fait envie.*

Je réalise qu'il s'agit de la même voix qui m'a dit d'embrasser Britta.

Je recule et ouvre les yeux.

Britta. J'ai oublié Britta.

— Merde, je jure, les yeux plongés dans ses iris caramel.

Qu'est-ce que je viens de faire ?

— Je... commence-t-elle, mais je la coupe.

— Non, c'était... Je suis désolé, dis-je en secouant la tête. Je devrais y aller.

Je vais chercher Sarah et la prends dans mes bras. Dans mon esprit, c'est le chaos total, mes émotions sont sur le point de déborder. Il faut... il faut que je sois loin de Larkin quand ça arrivera.

— Attends ! me lance-t-elle alors que je me retourne et pars en courant.

Je n'attends pas. La seule chose à laquelle je suis capable de penser, c'est Britta qui juge mes actions du jour. Tout allait bien...

Et il a fallu que j'aille embrasser Larkin.

Je suis vraiment trop con.

Sarah se met à sangloter alors que je me presse le long du sentier, pleurant les larmes qui pèsent sur mon âme.

10

LARKIN

Je n'ai pas vu Charlie depuis une semaine, et ça me préoccupe vachement. En fait, je suis même carrément perturbée. Je sors un gros classeur de ma voiture et claque la portière.

Je suis peut-être dans l'incapacité de dire ce que je ressens à Charlie, mais je peux au moins exprimer ma confusion en claquant cette portière. Je ne suis même pas sûre de savoir ce que je ressens exactement, mais je suis fâchée que Charlie se soit enfui en courant.

Au bout de quelques jours sans nouvelles de lui, j'ai commencé à m'inquiéter. Je suis allée regarder par la fente de sa boîte aux lettres, comme si cela pouvait m'apprendre quelque chose. Tout ce que j'y ai trouvé, c'est un amoncellement de lettres ce qui n'a fait qu'amplifier mon inquiétude.

Je monte les marches jusqu'à ma porte avec mon classeur dans les bras, les sourcils froncés alors que je fouille dans ma poche pour trouver mes clés. Je mets enfin la main dessus et je commence à ouvrir la porte, quand j'entends un cri.

— Lak ! Lak ! lance Sarah.

Je me retourne et vois la petite fille monter les marches qui mènent à ma porte. Charlie se trouve une dizaine de mètres plus loin, une expression prudente au visage.

Alors apparemment, il réalise que disparaître pendant presque une semaine n'est pas très réglementaire, me dis-je.

— Coucou, Sarah, dis-je en posant mon classeur.

Les chiens geignent derrière la porte, alors je leur ouvre. La meute sort avec enthousiasme, Morris à sa tête.

— Toutou ! s'exclame Sarah en m'oubliant complètement.

Morris et Zack se jettent sur elle en remuant la queue pour la lécher partout.

Je regarde Charlie tout en caressant Sadie, qui remue la queue d'un air satisfait. Il s'avance jusqu'au porche, mais ne va pas plus loin. Ses cheveux bruns s'ébouriffent légèrement sous la brise, et il a de gros cernes sous les yeux.

— Salut, dit-il.

Je le regarde, et une partie de la colère que j'ai accumulée s'envole.

— Salut toi-même. Je ne t'ai pas vu depuis un moment.

Il grimace, comme pour dire qu'il en a bien conscience.

— Ouais, on a dû rendre visite à Hélène, la mère de Britta, répond-il en détournant les yeux.

Je hausse les sourcils.

— Elle vit par ici ?

Il hausse une épaule.

— Pas très loin.

J'ai envie de lui demander comment ça s'est passé, de l'entendre me raconter son histoire. Mais je résiste. S'il veut qu'on le laisse tranquille, alors je le ferai. Sarah, par contre...

Je la regarde rire en caressant Morris. Comment qui que ce soit pourrait-il ne pas l'aimer ?

— Hé, dis-je pour attirer l'attention de la petite fille. J'ai quelque chose pour toi. Tu le veux maintenant ?

— Un cadeau ! se réjouit-elle. Donne !

J'éclate de rire.

— D'accord, je vais le chercher.

Je soulève mon classeur et entre chez moi. Je pose mon fardeau sur la table basse et en sors un fin volume, sa couverture tout abîmée. Elle est familière sous mes doigts ; je le feuillette sans réfléchir.

Je ressors sur le porche, où Sarah m'attend avec impatience. Je m'agenouille près d'elle et lui montre la couverture jaune.

— C'était mon exemplaire du *Petit Prince*, lui dis-je en ouvrant le livre et en tournant quelques pages. Quelqu'un me l'a donné quand j'étais petite. Je me suis dit que ça pourrait te plaire.

— Moi, répond Sarah en hochant la tête.

— Tiens, dis-je en tentant de le lui donner. Prends-le.

— Non, dit-elle d'un air têtu. Lis-moi.

— Oh, je ne peux pas. Il faut que je...

— Tu lis ! s'écrie-t-elle avec un petit trémolo qui me fait craindre des larmes.

Je regarde Charlie, qui a croisé les bras. Il me regarde.

— Elle a besoin d'une sieste.

— Je vois ça.

Sarah a les larmes aux yeux, frustrée que je lui refuse ce qu'elle veut.

— Lis ! Tu lis !

Désireuse de sécher ses larmes, je regarde Charlie pour qu'il me donne sa permission. Notre échange est silencieux, une simple succession de regards. Enfin, alors que Sarah commence à partir en plein caprice, il lève les yeux au ciel.

— Bon, d'accord. Tu peux venir lui lire une histoire. Tu

entends ça, Sarah ?

Super. Je lui fais lever les yeux au ciel.

Sarah se tait, mais ses larmes ne s'arrêtent pas pour autant. Je la prends dans mes bras, le cœur battant et elle se blottit contre mon épaule.

Je suis Charlie, qui monte les marches d'un pas lourd et ouvre la porte. Il me conduit dans le salon et me montre le canapé.

— Assieds-la ici, m'ordonne-t-il. Je vais chercher sa couverture dans la voiture.

Je vais asseoir Sarah sur le canapé à fleurs hideux.

— Ton papa va chercher ta couverture. Et si tu choisissais un coussin. Celui-là te plaît ?

Je prends l'un des coussins décoratifs et le mets en place. Sarah pose la tête dessus.

— Lis ?

— Bien sûr.

Je m'assois à côté d'elle et j'ouvre le livre. Je commence ma lecture :

— « Lorsque j'avais six ans... »

Je lis toute la page avec lenteur. Je lui montre le boa constrictor, sur le point d'avaler sa proie.

— On dirait bien que le serpent va manger la créature violette. Qu'est-ce que c'est comme animal, à ton avis ?

Sarah plisse le nez.

— Chat.

— Ça pourrait être un chat, oui. Ou alors une sorte de... je ne sais pas, de mangouste, par exemple.

Charlie revient et déroule un plaid rose, dont il enveloppe sa fille.

— Voilà, dit-il.

Il s'assoit au bout du canapé. Je m'éclaircis la gorge et tourne la page. Je lis à voix basse :

— « Ils répondirent... »

Au fil de ma lecture, je vois les paupières de Sarah devenir lourdes. Je ravale un sourire alors que je lui conte les aventures du *Petit Prince*.

J'ai conscience du regard de Charlie sur moi. Je dois bien admettre qu'être observée par lui me fait battre le cœur à tout rompre. J'ai du mal à garder les yeux sur les pages du livre, mais j'y parviens. Sarah passe un bras autour du mien.

Mon cœur se serre, et j'ai une petite boule dans la gorge. Je jette un regard à Charlie, mais il a les yeux dans le vide, son expression indéchiffrable.

Sarah ferme les yeux pour de bon, mais je poursuis tout de même ma lecture. Je veux m'assurer qu'elle dort vraiment. Je sens de nouveau le regard de Charlie sur moi, et je ralentis le rythme de mes mots. Quand je lève les yeux vers lui, je suis ensorcelée par ses iris, semblables à deux émeraudes.

— Je pense que tu peux arrêter, dit-il dans un murmure.

Il marque une hésitation, puis ajoute :

— Je crois que je vais aller boire un verre sur le porche. Tu te joins à moi ?

Je déglutis et hoche la tête.

— Oui.

— D'accord. Je vais nous chercher à boire.

Il se lève et se rend dans la cuisine. Je pose le livre hors de portée de Sarah et dénoue mon bras du sien. Je replace doucement sa main sur son corps endormi, puis je quitte la pièce sur la pointe des pieds.

Je m'installe sur les marches du porche de devant, les yeux tournés vers le soleil qui se couche sur la place. Bientôt, Charlie me rejoint et s'assoit près de moi. Il est plus proche que je ne m'y étais attendue, et nos jambes et nos bras s'effleurent souvent.

Je coule un regard vers lui en me demandant s'il l'a remarqué. En tout cas, il ne laisse rien paraître. Il me tend un verre de whisky avec des glaçons.

— Santé, dis-je en levant mon verre.

Il plisse les yeux un instant, puis fait cliqueter son verre contre le mien. Je bois une gorgée et grimace en sentant la brûlure du whisky dans ma gorge.

— Oh la vache. Je crois qu'il est un peu tôt pour le whisky, dans mon cas.

Charlie rit.

— Je comprends. C'est juste que... j'ai eu une sacrée semaine.

Je pose mon verre et fais passer mes cheveux sur mon épaule.

— Ah bon ?

— Ouais, dit-il avec un soupir, avant de siroter son whisky. Ma belle-mère est... Elle n'est pas facile.

— Pourquoi ? je demande en penchant la tête sur le côté.

— Mardi dernier, c'était notre anniversaire. De mariage avec Britta, je veux dire. Alors j'ai emmené Sarah voir sa grand-mère. Hélène n'a pas arrêté de tout critiquer. Moi, mon emménagement à Pacific Pines. Et elle corrigeait sans arrêt Sarah. Ça m'a vraiment énervé.

J'écarquille les yeux.

— Et tu as réussi à tenir plus d'une journée avec elle ?

Il hoche la tête.

— Oui. Elle voulait absolument qu'on aille sur la tombe de Britta, mais sur place, elle n'a pas arrêté de me vanter les qualités de Seaside. Elle est très insistante.

Je me mords la lèvre. *Est-ce qu'ils comptent déménager ?* Ce serait... Ça ne me plairait pas du tout.

— Et tu te laisses convaincre ?

— Pour Seaside ? demande-t-il avec un petit rire. Certainement pas. Ce n'est qu'à une heure d'ici. En plus, elle n'arrête pas de dire que si on vivait à Seaside, on pourrait emménager dans l'une de ses propriétés pour qu'elle puisse passer quand elle veut. Je lui ai dit non une bonne dizaine de fois. Elle est très autoritaire, et je la voyais déjà faire avec Sarah. Vivre là-bas ? Putain, non merci.

— Ah, dis-je avec un hochement de tête soulagé. On dirait bien que tu as mérité ce verre, alors.

Il semble amusé.

— Oui, je pense.

Le silence règne pendant quelques secondes, assez longtemps pour que je commence à me sentir nerveuse. Charlie sirote son whisky, les yeux tournés vers le coucher du soleil.

— Je suis désolée pour... enfin, je suis sûr que la date de votre anniversaire de mariage a dû être difficile.

Je lui jette un nouveau regard et constate une profonde tristesse sur son visage. Il hoche la tête, les mâchoires serrées.

— Oui, c'est sûr.

En regardant Charlie, je ne peux pas m'empêcher de voir un animal blessé. Pas forcément un lion, mais au moins un oiseau avec une aile cassée, qui peine à voler.

Et je n'ai qu'une envie : être celle qui le soignera. Qui le ramènera à la maison dans une boîte à chaussure pour le nourrir, l'aider à ménager son aile.

J'ai envie d'être celle vers qui il se tourne pour trouver du réconfort.

C'est bête, je sais. Je ne suis plus une adolescente transie. Je suis une bibliothécaire solitaire qui a ses propres problèmes.

Mais ça n'empêche pas mon cœur de le désirer.

Je prends une grande inspiration et baisse les yeux, m'efforçant de me taire.

11

CHARLIE

Je sors de ma voiture pour rejoindre mon logement après avoir laissé Sarah avec Rosa pour la nuit. Je plisse les yeux dans l'air de fin d'après-midi.

Je ne cherche pas Larkin des yeux, pas vraiment. Juré craché. Mais mon regard passe automatiquement les environs en revue pour voir si sa voiture, une petite Honda rouge, est là. Quand je la repère, je sais qu'elle est chez elle.

Laisse-la tranquille, je me reprends. *Tu vas lui pourrir la vie. Elle mérite beaucoup mieux que ce que tu as à lui offrir. C'est à dire quasiment rien.*

Alors j'essaye de penser à autre chose durant les deux heures qui suivent. Je pars faire un long footing, je fais le ménage. J'essaye de lire le *Wall Street Journal*, même si je n'arrive pas à finir le premier article sans que mes yeux s'égarent vers le mur que je partage avec Larkin.

Je finis par aller prendre une douche et m'habiller, conscient que je m'apprête à aller frapper chez elle. Cela me semble inévitable.

Quand je passe à l'acte, elle ouvre immédiatement la

porte, puis semble surprise de me voir. Elle est sublime, dans sa courte robe rose pâle. J'écarquille presque les yeux en voyant son décolleté. Vu sa tenue, elle compte sortir.

— Oh ! Salut ! s'exclame-t-elle.

Elle attendait quelqu'un d'autre. Je n'ai pas envie d'admettre que cela me serre les entrailles, mais c'est pourtant le cas. Je dissimule ma jalousie avec une plaisanterie :

— Tu espérais voir Brad Pitt ?

— Quoi ? Oh, non, répond-elle avec le sourire. Où est Sarah ?

— Elle passe la nuit avec mon père et Rosa.

— Oooh, c'est une étape importante. Tu veux faire quelque chose ? Parce que plein de gens de notre âge se rendent au Stella.

Je hausse un sourcil, les bras croisés.

— C'est quoi, le Stella ?

— C'est le seul bar digne de ce nom avant Tillamook. Le samedi soir, c'est assez branché. Tu devrais venir !

— Oh. Je ne crois pas, dis-je en reculant de quelques pas tout en me frottant la nuque.

— Si ! Tu as besoin de rencontrer du monde, insiste-t-elle. Allez, à quand remonte ta dernière sortie ?

Je marque une pause et réfléchis. Le simple fait que j'aie besoin de faire le calcul est gênant.

— Euh... honnêtement, je ne sais pas.

— Il faut que tu viennes, dit-elle d'un ton ferme. Je m'y rends maintenant, justement.

— Ouais... dis-je d'un ton incertain.

Je comptais compléter par *une autre fois, peut-être*. Mais Larkin s'illumine quand elle croit m'avoir convaincu.

Et les sourires éblouissants, j'adore ça, surtout quand c'est celui de Larkin. Je ferme la bouche et me garde bien de lui faire la réponse que j'avais prévue.

— Ça va être super ! se réjouit-elle. Une seconde, je vais chercher un pull.

Je fourre les mains dans les poches de mon sweat-shirt à capuche et contiens un soupir. Larkin ne rentre qu'un instant, puis ressort en enfilant un gilet blanc.

Stella se trouve en fait à quelques rues de l'autre côté de la ville. Le bâtiment est banal et peint en noir. J'entends les Black Keys jouer de l'extérieur.

Larkin me guide à travers la double porte de métal. L'endroit est bondé, et des tonnes de gens d'une trentaine d'années vont et viennent. Il y a des tables d'un côté, le bar de l'autre, et les gens font la queue pour commander à boire.

— Ah, voilà certains de mes amis, annonce Larkin en me montrant un coin de la salle. Viens.

Elle me tend la main sans même me regarder, s'attendant à ce que je la prenne. J'hésite un instant, puis je la saisis. Sa main est minuscule dans la mienne, et ses doigts disparaissent presque dans ma paume.

Nous nous faufilons à travers la foule jusqu'à l'autre bout du bar. Quand nous approchons, je vois une dizaine de personnes entassées sur des banquettes, hommes et femmes en nombre égal.

Une fois arrivés, Larkin lâche ma main. Je suis presque un peu déçu, même si je ne m'étais pas attendu à ce qu'elle la garde dans la sienne toute la nuit.

Arrête ! Je me reprends à nouveau. *Arrête... ça suffit.*

— Saluuuut ! dit Larkin en étreignant une jolie fille noire qui a remarqué notre arrivée. Bonsoir, tout le monde ! Euh, je vous présente Charlie, mon locataire. Charlie, voici Lisa, Jack, Anne-Marie, Seelah, Rick, Jared, Brooke, Mason, Jackson et Karen.

Je plisse les yeux. À part Lisa, que Larkin a prise dans ses bras, et Seelah, qui a des traits moyen-orientaux, ils se ressemblent tous.

— Il va y avoir un quiz sur le thème de la pop culture, tout à l'heure, dit l'un des hommes en remplissant son verre avec le pichet qui se trouve au centre de la table. J'espère que tu apprends vite.

Le groupe éclate de rire. Qu'est-ce que je fous là ? je me demande.

— Tiens, on va prendre deux chaises pour vous, dit Lisa avec un clin d'œil.

— Et je t'en prie, sers-toi dans notre pichet, m'encourage l'une des autres filles. Tiens, des gobelets en plastique.

J'accepte deux gobelets rouges tandis que Larkin tire deux chaises jusqu'à la table. Je prends le pichet et remplis un tiers de nos gobelets, avant d'en passer un à Larkin.

— Merci, dit-elle. Santé, tout le monde !

Je m'assois et laisse Larkin parler. Elle raconte une anecdote en agitant les mains. L'observer en société, c'est comme regarder le décollage d'une fusée. Je laisse le bruit de la foule me submerger. Durant un instant, je me sens oppressé.

— Hé, me dit Lisa en me souriant. Tu viens d'arriver en ville, c'est ça ?

Je hoche la tête et bois une gorgée de bière. Je ne fais pas la grimace, mais elle est tiède et bas de gamme.

— J'ai emménagé il y a environ un mois.

— C'est cool, répond-elle en tournant son corps vers moi. Tu vis dans l'autre partie de la maison de Larkin ?

— Oui, c'est ça. Comment vous vous connaissez ?

— On était au lycée ensemble. Je n'en reviens pas qu'elle soit de retour ici, dit Lisa, avant de prendre un ton malicieux. Je pensais qu'elle écrirait un livre, qu'elle deviendrait millionnaire et qu'elle ne nous adresserait plus jamais la parole, à nous simples mortels.

— Heureusement pour nous, alors, dis-je en reprenant une gorgée de bière. Je crois que je vais boire autre chose. Je vais commander au bar.

— Oooh ! Je t'accompagne ! s'exclame Lisa. Je vais prendre une tequila sunrise.

Je me lève. Lisa m'imite et passe son bras sous le mien en me souriant. J'ai comme l'impression qu'elle me drague à fond, mais je ne peux pas y faire grand-chose.

Je me dirige vers le bar avec elle. Je fais la queue et observe les gens présents. Oui, je suis de loin le plus grand d'entre eux.

— Tu ne parles pas beaucoup, fait remarquer Lisa en tirant sur la ficelle de ma capuche.

— Tu trouves ?

— Oui, dit-elle en levant les yeux au ciel. Alors, raconte-moi tout.

— Comment ça ? je demande, les sourcils froncés.

— Eh bien par exemple, tu es avec Larkin ? Ou tu es libre comme l'air ?

Je souffle.

— Je ne suis *avec* personne. Et ça me va très bien comme ça.

— Oh là là, tu es bien susceptible ! me taquine-t-elle. Tu ne peux pas m'en vouloir. J'essaye de tâter le terrain, c'est tout.

— Mmm, dis-je pour seule réponse.

J'attire l'attention du barman et je commande un bourbon et une tequila sunrise.

Pendant que j'attends nos boissons, je jette un regard derrière moi. Larkin a quitté sa chaise et s'est installée sur l'une des banquettes pour être à côté de Jack. Elle lui parle avec animation. Il passe un bras autour d'elle en faisant semblant de s'étirer.

Putain. C'est moi qui devrais être à sa place. C'est à moi qu'elle devrait parler, qu'elle devrait sourire comme ça.

Non, je songe. *Sois raisonnable.*

Je me tourne vers le barman et lui lance :

— Hé, un double bourbon, plutôt.

— Oooh, moi aussi je veux une double dose d'alcool ! dit Lisa en se penchant sur le bar.

Quand le barman nous donne nos boissons, Lisa trinque avec moi.

— C'est notre premier verre ensemble, déclare-t-elle.

Je me renfrogne, mais je bois tout de même une gorgée. Puis je pense au fait que Larkin risque de finir la nuit chez Jack. Ou pire encore, elle pourrait le ramener chez elle.

Ouais, je vais avoir besoin de beaucoup de whisky pour supporter cette soirée. Je vide mon verre, grimaçant quand le liquide me brûle la gorge, et j'en commande un autre dans la foulée.

— La vache, dit Lisa. On t'a jamais dit d'y aller mollo ? Enfin, je te juge pas, hein, mais je pense que tu es trop lourd pour qu'on te porte à la fin de la soirée.

J'ai un sourire en coin.

— Ça, c'est si tu crois que je compte rester ici plus d'une heure, ce qui n'est pas le cas.

Elle hausse un sourcil.

— Ah ?

— Retournons à notre table dès qu'on m'aura servi, je suggère. Je ne voudrais pas que tu manques à tes amis.

Elle me jette un regard hésitant. Je m'en fiche complètement, ce qui signifie que le whisky fait déjà effet. Je prends mon verre et laisse de l'argent sur le bar, puis je tourne les talons et regagne la table.

Je m'assois dans la même chaise. Lisa demande à ses

amis de se décaler pour pouvoir s'asseoir avec eux sur la banquette. Larkin se tourne vers moi et demande :

— Tu t'amuses bien ?

— J'avais besoin d'un vrai verre, réponds-je en haussant les épaules. Et puis, ce n'est pas moi qui m'amuse bien.

— Ah non ? demande-t-elle en faisant la moue.

— Non, je dirais plutôt que c'est Jack et toi, dis-je en prenant une gorgée de mon bourbon.

Larkin rougit.

— Jack ? Non, je lui racontais juste une histoire.

— Il a le bras autour de toi, fais-je remarquer. Je crois qu'il n'est pas au courant que tu ne fais que lui raconter une histoire.

Elle tourne légèrement la tête et voit que le bras de Jack est effectivement derrière elle sur le dossier. Je prends une grande gorgée de ma boisson et me réjouis de la voir dans tous ses états.

— Tu sais quoi ? Il faut que j'aille aux toilettes, dit Larkin. Pardon.

Elle est obligée de se faufiler près de moi, et tout son corps touche presque le mien. Pour la première fois, cette proximité ne me dérange pas. En fait, si nous étions seuls, je la collerais contre moi.

J'explorerais sa bouche boudeuse, je passerais les doigts dans ses jolies mèches blondes.

Je regarde derrière moi, vers le couloir où a disparu Larkin. Soudain, je me lève et pose mon gobelet sur la table. Je ne sais pas ce qui me prend, mais je la suis.

Je dois attendre une seconde, car une fille se penche juste devant moi pour ajuster sa chaussure. Quand j'arrive dans le couloir sombre, il n'y a personne. Je passe devant les toilettes des hommes, puis je repère la porte peu solide sur laquelle est écrit *Dames*. Je réalise que mon cœur bat à cent à l'heure.

Je prends une grande inspiration et fais un pas vers la porte. Elle s'ouvre avant que je puisse toucher la poignée, et une Larkin stupéfaite en sort.

Elle lève les yeux vers moi, et son visage se ferme.

— Tu es toujours fâché à cause de cette histoire avec Jack ? Parce que je trouve...

Je grogne et l'attrape par la taille. Je n'ai plus les idées claires ; tout ce que je sais, c'est que je veux sentir ses lèvres contre les miennes.

Je repousse ses cheveux en arrière et lui saisis le menton, les yeux braqués sur son visage en forme de cœur. Elle me regarde intensément, avec une succession d'émotions. Je serais bien incapable de toutes les nommer, mais je sens du désir et de l'hésitation à parts égales.

Je passe le pouce sur ses lèvres roses et bien définies, les admire attentivement. Ses yeux sont mi-clos, et l'hésitation que j'y ai lue est vite remplacée par du désir. Elle entrouvre les lèvres, plus que prête pour moi.

Je me penche et écrase sa bouche de la mienne. *Oui,* fait une voix dans ma tête. *Putain, oui ! C'est ce que tu veux. Ce qu'il te faut.*

Larkin est salée et sucrée, un mélange de caramel et de réglisse. Je gémis dans sa bouche. Je n'ai jamais rien autant désiré qu'elle.

Elle passe les mains autour de mon cou, me rendant plus avide que jamais. Elle est tellement menue, tellement fragile ; je la soulève et la fais tourner jusqu'à ce qu'elle soit plaquée contre le mur.

Elle me mordille la lèvre inférieure. Je grogne et prends le dessus, envahissant sa bouche de ma langue, la léchant en rythme. Je m'avance, pressant mon grand corps contre le sien, tout petit.

Je sens ses seins écrasés contre mon torse, ses hanches contre mes cuisses. Sa chaleur, son goût, son odeur me font bander. L'espace d'une seconde, je frotte mon membre couvert de jean contre son ventre.

Un son grave s'élève dans le fond de sa gorge. Elle s'imagine peut-être ce que ça ferait de libérer mon sexe de mon pantalon. À moins qu'elle s'imagine sous mon corps, sans barrières entre nous.

Je lui mordille la lèvre, et je suis récompensé par ses ongles dans la chair de ma nuque. Elle doit être une vraie tigresse au lit.

J'interromps notre baiser pour passer les lèvres le long de son cou. Mon esprit n'est focalisé que sur une chose, et j'arrive à faire abstraction des gens qui nous entourent, de la musique du bar. Mais Larkin n'y parvient pas.

Je sens ses mains sur mon torse, qui me repoussent. Sa voix est essoufflée quand elle dit :

— Je crois... Charlie, je crois qu'on devrait arrêter.

Je l'ignore, fermant les yeux et lui renversant la tête en arrière pour avoir un meilleur accès à son cou. Je la mordille avec douceur.

— Oooh, murmure-t-elle.

Ses mains se referment sur mon sweat-shirt un instant. Je me dis que c'est bon signe, alors je la mords à nouveau.

— Putain ! Charlie... il faut qu'on... Charlie, arrête !

Sa voix est pleine d'une autorité qui me pousse à reculer, à la dévisager.

— Désolée, dit-elle en lissant sa robe, l'air implorant. C'est juste que... tu as bu, et on est dans un bar bondé. Je ne veux pas faire quelque chose qu'on regrettera plus tard.

Je fronce les sourcils.

— Comme tu veux.

Je tourne les talons et traverse le couloir pour me tirer de ce bar. Je l'entends me courir après.

— Charlie, attends !

Mais je n'attends pas. J'ignore sa main sur mon poignet, la chasse, et me faufile à travers la foule.

Oui, elle a sans doute raison. J'aurai des regrets. J'en ai déjà, d'ailleurs.

Mais ce n'est pas ce que j'avais envie d'entendre. J'avais envie de me perdre dans ce moment, dans son corps sublime, dans les sensations que je ressentais.

Est-ce si terrible ?

Je zigzague entre les clients du bar. J'atteins enfin la porte, et je suis libre. Je sors dans la nuit, fourre les mains dans mes poches, et je rentre chez moi.

12

LARKIN

Quelques jours plus tard, je respire un grand coup avant de frapper à la porte de Charlie. J'ai le trac, les paumes en sueur. Je les essuie discrètement sur mon jean.

Je savais qu'il fallait que je laisse Charlie faire profil bas quelques jours après ce qui s'est passé entre nous au bar. Ce soir-là, il était en proie à plein d'émotions contradictoires, et alcoolisé, en plus.

Mais maintenant que j'ai passé trois jours à écouter les bruits étouffés de sa vie à travers le mur, je n'ai pas d'autre choix que d'aller chez lui. Je sais que je devrais le laisser tranquille. Je le sais.

Et honnêtement, s'il s'agissait de n'importe quel autre homme, je serais déjà exaspérée par son comportement. Mais Charlie est le lion avec une épine dans le pied, et je suis la souris qui ne demande qu'à l'aider.

Je frappe à la porte, le cœur battant la chamade. J'entends les pas de Charlie jusqu'à la porte. Il l'ouvre en grand, emplissant l'espace.

— Bonjour, dis-je d'un ton qui se veut enjoué.

Charlie me regarde d'un air neutre.

— Salut.

— On peut se parler en privé, une seconde ?

Il jette un regard derrière lui, puis sort sur le porche et referme la porte.

— D'accord, soupire-t-il.

Je tente d'évaluer son humeur, mais son expression ne dévoile rien.

Super. Je commence :

— Je voulais m'excuser...

Il me coupe en me posant la main sur l'avant-bras.

— Arrête, arrête. Tu avais tout à fait raison. J'étais un peu bourré, et je... je crois que j'avais juste besoin d'évacuer un peu. Je suis désolé, Larkin.

Ma bouche forme un O de surprise.

— Tu n'es pas... euh, fâché, ou quelque chose comme ça ?

Il secoue la tête.

— Non. Tu avais raison, je l'aurais regretté.

J'ai beau lutter, je ne peux m'empêcher de me sentir blessée par ses mots. Bon, d'accord, je venais justement pour le convaincre de cela... mais mon cœur ne veut pas entendre raison.

Je plisse les yeux et tente de ravaler mes émotions. Cela me laisse quelques secondes pour mobiliser mon sourire factice.

— Bien sûr ! Eh bien, je suis contente que tu sois de cet avis.

Ces mots me font l'effet du papier de verre dans ma bouche. Charlie me jette un regard prudent.

— OK...

Il voit les émotions contradictoires que je tente de cacher. Je prends une inspiration, consciente qu'il faut que je change de sujet.

— Au fait... je comptais promener mes chiens au parc, je lâche à brûle-pourpoint. Vous voulez venir, Sarah et toi ?

Il m'adresse un regard interrogateur, mais hoche la tête.

— Oui. J'ai promis toute la journée à Sarah qu'on sortirait. J'étais bloqué devant mon écran d'ordinateur, à essayer de déterminer dans quelles entreprises mon entreprise devrait investir.

— Super ! je m'exclame avec un enthousiasme feint. Je vais chercher mes chiens. On se retrouve ici dans quelques minutes.

Les quelques minutes en questions se transforment en explosion de joie chez moi quand j'annonce aux chiens que nous partons en promenade. Les deux Golden Retrievers sont toujours partants, et ils remuent la queue, ravis. Sadie ne comprend pas tout de suite, jusqu'à ce que je lui attache son harnais, puis elle se joint à l'enthousiasme général et décrit plusieurs cercles.

Je peine à tous les mettre en laisse et à les conduire jusqu'à la porte. Ils me traînent pratiquement en bas des marches du porche, où je suis rejointe par Charlie et Sarah. Il la tient dans ses bras, mais dès qu'elle voit les chiens, elle se tortille pour qu'il la pose.

— Chiens !

Je tente de calmer mes animaux, mais dès que Charlie la pose, Sarah se laisse joyeusement submerger par les léchouilles. Elle se jette au cou de Sadie et caresse le museau de Morris. J'éclate de rire en voyant Zack lui renifler les chaussures.

— Prête pour la promenade ? je demande à la petite fille.

— Oui ! s'exclame-t-elle. Parti !

J'avais prévu d'emmener les chiens au parc, mais comme Sarah est là et qu'elle compte marcher avec les chiens, je préfère faire le tour de la place principale.

Charlie, Sarah et moi nous mettons en route. Nous allons lentement, au même rythme que les petites jambes de Sarah.

Charlie et moi gardons le silence un long moment, jusqu'à ce que nous voyions un groupe de personnes âgées de l'autre côté de la place. Il y a surtout des femmes, avec quelques hommes aux cheveux blancs par-ci par-là. L'un d'entre eux porte un tee-shirt à l'effigie d'un animateur télé situé très à droite de l'échiquier politique, Bill O'Reilly.

— Beurk, dit Charlie en secouant la tête. Bill O'Reilly ? Comment est-ce qui que ce soit peut écouter les conneries qu'il raconte ?

Je lève les yeux vers lui.

— Oh, je ne crois pas que qui que ce soit le prenne au sérieux, désormais.

— Apparemment, ce type-là, si, répond-il avec une grimace. Je ne supporte pas ces polémistes qui ont un million d'opinions sur ce que fait l'armée au Moyen-Orient, sans avoir passé ne serait-ce qu'un jour comme soldat. Ça me rend dingue.

— Alors... tu étais dans l'armée ?

— Ouais. J'ai été militaire pendant des années, avant d'être recruté par la CIA.

Je hausse les sourcils.

— Tu faisais partie de la CIA ?

— Ouais.

— Qu'est-ce que tu faisais pour eux ?

Quand il me coule un regard, je ris.

— Tu ne peux pas me révéler ce que tu faisais ?

Il secoue la tête.

— Nan. Disons simplement que j'ai vu beaucoup de choses désagréables. J'ai été envoyé là-bas, d'abord en Afghanistan, puis en Syrie. Et pourtant, des types ignorants comme O'Reilly racontent plein de conneries aux gens. Et ils en croient chaque mot !

Il continue de secouer la tête.

— Si ça peut te faire plaisir, il ne travaille plus pour *Fox News*. Ils l'ont renvoyé après un énième scandale sexuel.

— Mmm. Désolé, c'est un sujet qui me met dans tous mes états.

J'ai un sourire en coin.

— Qu'est-ce qui t'énerve d'autre ?

— Tous les Américains bien portants et super patriotes, du genre à agiter leur drapeau, leur flingue et leur bible, qui ont une opinion sur tout ce que fait l'armée, sans jamais s'engager eux-mêmes. Ça me rend furieux.

Il remarque que Sarah s'est éloignée vers un boîtier électrique extérieur, un peu à l'écart du chemin.

— Hé, Sarah ? Viens par là. Regarde, regarde le toutou...

Je regarde Charlie guider gentiment sa fille vers un endroit plus sûr. Quand elle est de retour sur le chemin, il souffle.

— De quoi je parlais, déjà ?

— De ce qui t'énerve.

Je m'arrête une seconde pour me gratter le nez avec mon épaule d'un geste gauche.

— Attends, donne-moi l'une des laisses, propose Charlie en tendant la main.

Je lui jette un regard méfiant, mais lui passe Zack. Une fois mon nez bien gratté, je le regarde, mais il semble content de promener un chien.

— Je déteste les toasts à l'avocat, dit-il. D'ailleurs, je

déteste tous les plats chics et prétentieux. Comme les fleurs comestibles et le kale.

Je souris.

— Alors la cuisine moléculaire, j'imagine que ce n'est pas ton truc.

— Carrément pas. Tu sais ce que j'aime ? Le houmous et le baba ganoush faits maison, avec quelques makdous, peut-être, si je suis d'humeur à mettre les petits plats dans les grands.

— Je ne sais même pas ce que c'est.

— Les makdous, c'est des aubergines farcies. Quand j'étais au Moyen-Orient, j'adorais la nourriture du coin. Je dois être l'un des seuls soldats à être rentrés plus gros qu'en partant, dit-il avec l'œil qui pétille. Mais assez parlé de moi. Et toi ? Je ne t'ai encore jamais vue t'agacer de quoi que ce soit.

— Oh, tu ne voudrais pas voir ça. Quand je suis énervée, je suis terrifiante, dis-je en plaisantant.

— Tu vois, j'ai du mal à te croire.

— Tu as raison. Je m'inquiète trop pour tout le monde pour vraiment m'énerver.

Je réfléchis une seconde et ajoute :

— Quand même, je déteste quand la conversation tourne autour de la politique. J'ai appris qu'il vaut mieux ne jamais parler politique ou argent en dehors de sa famille.

Je hausse les épaules. Charlie me regarde et demande :

— C'est tout ?

— Mmm... les autres choses sont plutôt normales, je crois. Je déteste les gens cruels. Je déteste la mentalité des petites villes.

— Comment ça ?

— Les gens qui te prennent pour l'ennemi sous prétexte que tu viens d'une grande métropole, ou que tu as vécu dans une grande ville un moment. C'est très courant, par ici, j'explique en plissant le nez.

Charlie éclate de rire, le timbre de sa voix grave et résonnant. J'en ai des frissons. Je crois que c'est la première fois que je l'entends rire tout fort. Je le regarde d'un air interrogateur.

— Quoi ?
— Rien. C'est juste... Tu es vraiment unique, dit-il.

Il secoue la tête avec un sourire, puis se renfrogne légèrement.

— Britta adorait débattre de politique. Elle aimait la confrontation, j'imagine.

Je prends une inspiration. Est-ce qu'il est en train de me comparer à la fantastique Britta ? Et si oui, fais-je le poids ? Suis-je en mesure de rivaliser avec cette femme mystérieuse sortie du passé de Charlie ?

La conversation se poursuit, et je hoche la tête et souris. Mais je suis toujours bloquée sur ce qu'il a dit, et sur ma concurrente.

Impossible de gagner, me dis-je. *J'arrive forcément après elle.*

Je ne réalise même pas que nous avons fait le tour complet de la place, et que nous nous approchons déjà de la maison. Je reprends la laisse de Zack et marmonne un au revoir à Charlie et sa fille.

Alors que je monte les marches, j'entends quelque chose que je vais tenter de ne pas laisser m'obséder.

— On se revoit bientôt, hein ? me lance Charlie.

Je me retourne. Mon cœur bat de nouveau la chamade. Je souris.

— Bien sûr, réponds-je. Bientôt.
— D'accord, à plus.

Puis il disparaît, emportant Sarah dans leur partie de la

maison. Me laissant avec les trois chiens et une drôle de sensation dans la poitrine.

Oh, non... je crois bien que je suis véritablement en train de tomber amoureuse de Charlie.

Eh, merde.

13

CHARLIE

— Coucou, Sarah, dis-je à ma fille.

Elle est en train de traverser la place principale avec moi. Dans ses bras se trouve son exemplaire du *Petit Prince,* son premier livre fétiche.

— On va où ? On va voir Larkin au travail ? je lui demande.

Sarah réfléchit un instant.

— Euh... oui !

— Et quelles sont les règles à la bibliothèque, où Larkin travaille ?

— Sais pas.

Elle est distraite par des enfants qui traversent la pelouse.

— Zouer ?

— Oui, ces enfants vont jouer. Mais nous, on va à la bibliothèque. C'est la Journée de l'International.

Sarah me regarde. Je lutte contre l'envie de lever les yeux au ciel. Lui parler comme ça me paraît un peu bête, mais Rosa dit que cela aide son cerveau à se développer comme il faut.

— Comme Larkin nous a proposé de passer à la bibliothèque, il y a quelques jours, je me disais qu'on pourrait y aller sans prévenir, un peu comme une surprise. Ce n'est pas bizarre, si ?

Je marque une pause, mais Sarah continue d'avancer.

— Alors tu vas pouvoir jouer avec des enfants de ton âge. Mais il faudra rester silencieuse. Tu crois que tu y arriveras ?

Sarah hoche la tête d'un air très sérieux. Elle le tient de sa mère, c'est sûr. Parfois, Britta prenait cette expression-là, triste et sérieuse, même quand nous ne parlions pas d'un sujet grave.

Je repousse ce souvenir de Britta. Ce n'est pas le moment.

Sarah et moi marchons tranquillement jusqu'à la bibliothèque de Pacific Pines et admirons ses briques jaune pâle et ses grandes fenêtres. Je lui montre les dessins d'enfants accrochés aux cadres des fenêtres, et elle sourit.

J'ouvre la porte vitrée, et Sarah entre. La bibliothèque semble être sur le thème du bleu et du vert. Le bureau d'accueil à ma gauche est vert, la moquette de couleur bleu et vert. Même les étagères qui commencent à ma droite sont bleues.

— Lak ! s'exclame ma fille.

Elle se précipite vers une table, où Larkin est assise, dos à nous. Elle se trouve avec six enfants, qui font des travaux manuels. Larkin se retourne une seconde, puis Sarah lui rentre dans les jambes et ma voisine la prend dans ses bras.

Ma propriétaire est toujours très jolie, mais elle l'est particulièrement aujourd'hui. Elle porte une robe bleu marine et un gilet vert émeraude, assortie à la bibliothèque. Ses longs cheveux blonds sont tressés et lui tombent sur l'épaule.

Mes yeux parcourent la peau qu'elle laisse apparaître, ses jambes. Je ne sais pas pourquoi, mais je ne peux pas m'empêcher de me demander quel genre de sous-vêtements elle porte. Une culotte et un soutien-gorge en dentelle blanche, je décide. Ça lui ressemble.

— Oh, bonjour ! dit Larkin.

Elle pose les ciseaux qu'elle a dans la main et s'agenouille pour prendre Sarah dans ses bras. Puis elle lève les yeux vers moi.

— Vous êtes venus.

Je hoche la tête.

— On avait besoin de sortir de chez nous.

— Je suis contente que vous l'ayez fait. On découpe des bandes de papier journal, là, pour en faire du papier mâché plus tard.

Elle jette un regard à Sarah et lui demande :

— Tu veux nous aider ?

— Oui ! s'écrie ma fille avec un grand sourire.

Je suis content de laisser Larkin prendre les choses en mains.

— Bon. Viens t'asseoir là...

Larkin mène Sarah jusqu'à une chaise proche d'elle et lui donne du matériel. Certains des enfants ont des ciseaux à bouts ronds, mais Larkin montre à Sarah comment déchirer le papier avec les mains. Bien vite, ma fille se met à déchiqueter le papier journal.

Je prends quelques minutes pour me balader dans la bibliothèque. Je parcours les rangées de livres et en sors un de temps en temps pour l'examiner, avant de le remettre en place. Quand mon inspection est terminée, Larkin a repris sa place en tête de table.

Sarah déchire une bande de papier journal et la montre à la petite fille assise à côté d'elle. L'enfant doit avoir un ou deux ans de plus qu'elle, mais elle hoche la tête avec sérieux, complètement investie dans leur projet commun.

Sarah semble satisfaite. Je regarde autour de la table, fasciné de voir des enfants aussi obéissants.

— C'est vraiment calme et bien organisé pour une séance de papier mâché, fais-je remarquer à Larkin. Moi, je pensais que ça ressemblerait à une zone de guerre.

Larkin éclate de rire.

— Ce n'est pas le premier atelier que j'anime. Je crois que tant que je suis silencieuse et que je respecte la bibliothèque, les enfants le feront aussi. En plus, je leur ai promis que s'ils étaient sages, ils auraient le droit à un bon goûter après.

Elle me fait un clin d'œil, et je ris.

— Alors tu les as soudoyés ?

— Oui. Mais regarde le résultat ! Ça valait le coup.

Je secoue la tête, mais je suis d'accord. Je réalise que Larkin est douée avec les enfants. Pas seulement avec Sarah, visiblement.

— Très impressionnant, dis-je.

Une autre bibliothécaire arrive, une brune plus âgée.

— Tu veux qu'on échange un moment ? demande-t-elle à Larkin. Je fais une overdose de rangement de livres, là.

Larkin regarde Sarah, qui est complètement absorbée par sa tâche.

— D'accord, Barb.

Elle laisse les rênes à Barb et me jette un regard désolé.

— Il faut que j'aille passer un moment de l'autre côté de la bibliothèque.

— Je peux peut-être te tenir compagnie, dis-je. Attends, je demande à Sarah.

Je fais le tour de la table et m'accroupis à côté de ma fille.

— Hé. Je ne pars pas, mais je vais là-bas, près des

étagères. Si tu as besoin de moi, c'est là que tu pourras me trouver. D'accord ?

— D'acc, répond-elle, le front plissé alors qu'elle déchire son journal.

Apparemment, je suis le cadet de ses soucis, là. Je me lève et m'aperçois que Larkin est déjà partie. Je longe les étagères pour la chercher. J'aperçois une note d'émeraude, et je me tourne pour la trouver en train de ranger des livres. Elle a un chariot plein d'ouvrages rendus par les usagers, qu'elle arrête dès qu'elle trouve la place d'un livre.

— Salut, dis-je.

Elle se tourne vers moi avec un sourire doux.

— Que fait une belle dame comme vous dans un endroit pareil ?

À mes mots, Larkin devient rouge comme une tomate et baisse la tête.

— Tu es impossible, Charlie. Mais je te félicite d'avoir tenté une blague. Je crois que c'est la première fois que je te vois faire de l'humour.

Je suis content de l'avoir fait rougir. Un rire me secoue le ventre.

— Mon sens de l'humour est un peu rouillé, je te l'accorde.

— Tu essayes. C'est déjà ça.

Elle m'adresse un regard espiègle, puis se tourne vers ses étagères pour ranger le prochain livre. Le silence s'éternise. Je cherche quelque chose à dire.

— Mon employeur m'a appelé aujourd'hui. On me propose une promotion.

Voilà tout ce que j'ai trouvé.

— Ah bon ? demande Larkin.

— Oui. J'ai un moment pour réfléchir. L'augmentation de salaire est super. Par contre, je serais obligé de déménager plus près de New York, où se trouve le siège de l'entreprise.

Elle marque une pause, la main sur l'étagère.

— C'est vrai ?

— Ouaip. Mais je ne sais pas trop... Enfin, je viens tout juste d'emménager ici pour rapprocher Sarah de ses grands-parents, dis-je avec un haussement d'épaules. Elle s'est beaucoup attachée à Rosa, la femme de mon père.

Et à toi, je songe, mais je ravale ces mots.

— Si j'en avais la possibilité, moi, je le ferais, répond lentement Larkin. Je sauterais même sur l'occasion.

Elle range un nouveau livre sur l'étagère.

— Tu serais prête à emménager dans une grande ville ?

— Je serais prête à emménager à New York. C'est un lieu dont je rêve. En plus, il y a plein d'écrivains et d'éditeurs, là-bas.

Je penche la tête sur le côté, appuyé aux étagères.

— Tu es écrivaine ?

Elle rougit à nouveau.

— Non, pas vraiment. Mais j'aimerais bien le devenir.

— Qu'est-ce que tu voudrais écrire ?

— Eh bien, je bosse sur un roman depuis un an.

— Quel en est le sujet ? m'enquis-je.

— Oh, tu sais, répond-elle en plaçant une mèche de cheveux derrière son oreille. Une famille et leur ferme. J'essaye un peu de faire un truc à la Isabelle Allende, de montrer trois générations.

— Je n'ai jamais entendu parler de cette auteure, mais je suis sûr qu'elle est géniale, dis-je avec un sourire.

— Oh oui, fantastique ! Elle écrit des drames passionnants. Elle a l'œil pour les détails, et elle sait vraiment les imbriquer dans la trame de ses romans. Elle est...

Elle frissonne et rit.

— Oui, c'est mon idole, conclut-elle.

— Alors, ça veut dire que tu comptes t'installer à New York un jour ou l'autre ?

— Oui. Dès que la maison est réparée, je me tire d'ici, répond-elle en agitant les sourcils. Enfin, si je finis mon livre d'ici là, bien sûr.

— On dirait que tes priorités sont bien définies, fais-je remarquer.

Elle pousse son chariot dans ma direction, et je m'écarte de son chemin.

— Il faut se fixer des buts concrets, dit-elle en lisant le titre du prochain livre à ranger. Des rêves, des objectifs qui demandent des efforts.

— Mmm.

Intérieurement, je me demande si j'ai des buts et des rêves. J'ai l'impression que depuis deux ans, tout a déraillé à cause de la mort inattendue de Britta.

J'ai un pincement au cœur. Penser à la mort de Britta me fait toujours un mal de chien. Mais j'arrive à voir la lueur au bout du tunnel dans lequel sa mort m'a projeté... Je parviens aussi à regarder en arrière et à réaliser les proportions que ma dépression avait prises.

Le chemin vers la lumière était tortueux et semblait interminable.

Je jette un regard à Larkin et déglutis. Il y a peut-être une raison à ce nouvel espoir. Cette raison, cette lueur au bout du tunnel, c'est peut-être elle.

Même si je ne peux pas l'admettre ouvertement, j'ai laissé Larkin se frayer un chemin dans ma vie. Ça, je ne peux le nier.

Je prends une grande inspiration, et je souffle lentement. Je me laisse distraire par Larkin. À quoi étais-je en train de penser, déjà ?

Ah oui. Mes buts. Car Larkin a raison. Si je suis vivant et maître de mes sens, j'ai besoin d'établir un plan et un objectif à atteindre.

Me contenter de traîner comme une âme en peine, à m'imaginer à quoi ressemblent les sous-vêtements de Larkin ne compte pas, même si cela satisfait mon mâle intérieur.

Larkin déplace son chariot vers le rayon suivant. Je la suis comme un chiot égaré, car je ne sais pas quoi faire d'autre.

14

LARKIN

— Regarde ce que j'ai là ! j'annonce en brandissant mon panier à pique-nique lorsque Charlie ouvre la porte.

Il me regarde d'un air comique, les cheveux en bataille. Je remarque qu'il ne porte pas de tee-shirt, seulement un bas de pyjama gris.

Je dois faire des efforts pour ne pas mater ses pectoraux bien taillés, compter le nombre de carrés de ses tablettes de chocolat et lui tâter les biceps. D'accord, je savais déjà qu'il avait un corps de rêve, mais là...

J'en reste sans voix. Charlie cligne des yeux face au soleil et met la main devant son visage.

— Euh... je ne sais pas. C'est quoi ?

Il semble un peu désarçonné. Je lève les yeux vers son visage, en me promettant de ne pas baver devant son « chemin de poils », qui part de son nombril pour disparaître dans son bas de pyjama.

J'ai les hormones en folie, et je suis tentée de lui arracher son pantalon et de lui sauter dessus. Enfin, avec mon mètre cinquante... je serais bête de me croire capable de faire de lui ce que je veux.

— Un pique-nique, dis-je en lui adressant un drôle de regard. D'où le panier à pique-nique. Il fait tellement beau dehors que je me suis dit que Sarah et toi aimeriez aller au parc. On pourrait même étaler une couverture par terre...

Je sors la couverture bleue que j'ai apportée. Mes yeux se remettent à traîner partout, et je m'efforce de regarder Charlie dans les yeux.

Il plisse le nez.

— Rosa a emmené Sarah visiter la fabrique de fromage. Elles seront absentes toute la journée.

— Ah, dis-je en posant mon panier d'un air déçu. C'est dommage. J'avais préparé des sandwichs et une bouteille de vin.

Il me regarde un instant. Je vois les rouages tourner derrière son regard vide. Je suis tentée de lui dire d'oublier le pique-nique et d'aller directement au lit avec moi.

Cette simple idée me fait rougir, cependant, alors il est peu probable que cela arrive.

— Euh... Je peux quand même venir, propose-t-il. Enfin, si tu veux.

Je hausse les sourcils.

— Tu en as envie ?

— Ouais, dit-il avant de jeter un regard derrière lui. Laisse-moi quelques minutes pour m'habiller, tu veux bien ? Après on peut y aller.

— Pas de problème ! dis-je avec plus d'enthousiasme que nécessaire.

Charlie me jette un regard perplexe et ferme la porte.

Bravo, me dis-je en levant les yeux au ciel. *Bien tenté, d'essayer de masquer ton attirance pour lui avec de l'enthousiasme.*

Je m'assois sur les marches du porche, ma jupe vert olive étalée sur le sol. Je m'efforce de me calmer. Comme promis, Charlie émerge quelques minutes plus tard, vêtu de son habituelle tenue noire de la tête aux pieds.

Il remonte la fermeture éclair de son sweat-shirt à capuche.

— Prête ?

— Comme jamais ! réponds-je d'une voix chantante.

Il me jette un regard en coin.

— Tu es bizarre, aujourd'hui.

Je me mords la langue. Car il a raison... et c'est de sa faute. Il a ouvert la porte torse nu, et maintenant, je suis soit sans voix, soit trop enthousiaste.

— Où est-ce que tu comptais aller ? me demande-t-il en descendant du porche.

— Eh bien, je me disais que comme Sarah n'est pas là, on pourrait aller derrière le jardin, dis-je en lui montrant la direction du doigt. Ce n'est pas une randonnée ni rien, mais je pense que Sarah est trop jeune pour aller là-bas.

— Ouvrez la marche, Majesté, proclame-t-il en inclinant la tête.

Je lui fais faire le tour de la grande maison, avant de traverser l'herbe trop haute et de continuer derrière la propriété. Je porte de vieilles Converses rouge sang ; elles ressortent contre la pierre du chemin alors que je me fraye un passage dans la végétation basse.

— Ça ne nous prendra même pas cinq minutes, promets-je.

Je regarde derrière moi et surprends le regard de Charlie sur mes fesses. Je deviens toute rouge.

Je ne suis peut-être pas la seule à être tentée par les plaisirs de la chair.

Mon panier à pique-nique devient de plus en plus lourd alors que j'avance. Je m'arrête pour changer de bras, mais Charlie n'est pas de cet avis. Il me touche l'épaule et me prend le panier. Ma peau fourmille là où ses doigts se sont posés, et je serre la couverture bleue contre moi, comme s'il s'agissait d'une bouée de sauvetage.

— Qu'est-ce que tu as fourré là-dedans ? me demande-t-il d'un ton taquin.

— Rien que l'essentiel, je lui assure. Et des briques.

Il me sourit, et je fonds. Il n'avait encore jamais autant souri en ma présence.

Nous prenons une pente, entourés par les arbres. Le bruit de l'eau emplit mes sens ; l'air a une odeur d'ozone, comme quand il vient de finir de pleuvoir. Soudain, le terrain s'aplanit, et nous atteignons la rive d'une rivière baignée de soleil.

— Ouah, dit Charlie en admirant la rive boisée.

Il s'approche de l'eau pour voir de plus près.

— Très joli, ajoute-t-il. On dirait un ruisseau, là, mais je parie qu'à la fin du printemps, il y a beaucoup plus d'eau.

— C'est exactement ça, réponds-je.

J'avance et étale la couverture par terre, avant de m'asseoir en tailleur. La terre est dure, mais la journée est si belle que je suis prête à passer outre.

Charlie regarde autour de lui un instant.

— C'est agréable, par ici. Ça devait être sympa de grandir avec ce genre de coins derrière son jardin.

Il vient poser le panier à pique-nique, puis s'asseoir à côté de moi. Nous sommes assez proches pour que nos genoux se touchent.

— Mmm, ça aurait été sympa, si j'avais eu une autre mère. Je me suis éclipsée ici, quand j'avais douze ans, pour retrouver des camarades de classe. Ma mère a paniqué et a appelé les flics quand elle a réalisé que je n'étais plus dans la maison. Quand je suis rentrée, il y avait des policiers partout...

Je secoue la tête et ajoute :

— Ma mère s'en est servie comme excuse pour me punir pendant trois mois.

— Trois mois ? Oh la vache. C'est *énorme*.

Je hoche la tête et plonge la main dans le panier pour commencer à le vider. Je sors d'abord les sandwichs et les pommes en tranches.

— Ma mère disait qu'elle ne me laisserait pas m'encanailler, dis-je en levant les yeux au ciel. J'ai mis des années à comprendre ce que ça voulait dire.

Je sors une bouteille de pinot noir local et deux gobelets en plastique. J'agite les sourcils en direction de Charlie, qui rit et me prend la bouteille des mains. Il enlève la protection autour du bouchon, puis se sert du tire-bouchon pour ouvrir la bouteille.

— Voilà, dit-il en posant les gobelets l'un à côté de l'autre, avant de verser un peu de vin dans chacun d'entre eux. Je porte un toast à cette visite agréable des lieux, sans répercussions. Prends ça, Big Ruth.

Il me tend un gobelet, et nous trinquons. Je bois une gorgée. Le vin est très fruité et odorant. Des notes de cerise et de mûre me sautent pratiquement à la langue.

— Mmm, je murmure. Un bon pinot noir de l'Oregon, c'est vraiment rafraîchissant.

Il hoche la tête en prenant une gorgée.

— Ça fait une éternité que je n'ai pas bu de vin rouge, dit-il.

— Mais aujourd'hui, c'est la journée idéale pour le faire, tu ne trouves pas ? je lui demande en me couchant en arrière, appuyée sur les coudes. On a le soleil, la verdure et les arbres, le ruisseau…

Je bois une autre gorgée, et un peu de vin me dégouline sur le menton.

— Oups, dis-je, gênée.

En plus, il a clairement remarqué. Ses yeux sont rivés sur ma bouche. Je commence à essuyer le vin du dos de ma main.

Il m'arrête en me saisissant le poignet. Durant un instant, nos yeux se croisent, marron contre verts. Son regard est intense, plein de désir, d'excitation et d'un million d'autres émotions que je ne saurais nommer.

Puis il penche la tête vers la mienne. Sa bouche s'entrouvre, et j'anticipe notre baiser. Je sens son souffle sur mes lèvres, son corps tendu.

Ses lèvres chaudes se pressent sur les miennes. Je soupire et ouvre la bouche, le laisse entrer. Nos langues se rencontrent timidement, dans une danse à la fois familière et inédite.

Nos lèvres, langues et dents fouillent et explorent. Il prend les rênes, passant les bras autour de moi pour m'attirer contre lui. Je referme les poings sur son sweat-shirt pour me soulever.

Charlie me mordille la lèvre inférieure, et je gémis. Tous mes nerfs sont soudain plus vivants que jamais. J'ai l'impression que mes sens sont au diapason des siens. Il me prend le menton et me fait tourner la tête pour déposer une pluie de baisers le long de la gorge. Ses baisers me brûlent comme un fer rouge.

C'est l'impression que j'ai quand il me touche : celle d'être marquée à jamais comme sienne. Je glisse les doigts sur ses mâchoires mal rasées, sur les cheveux courts de sa nuque. Je lui embrasse la joue, la mâchoire, le lobe de l'oreille.

Cela lui arrache un son grave, un grondement profond. Il me surprend en s'éloignant, mais c'est seulement pour enlever son pull. Dans le feu de l'action, je retire mon gilet. Charlie contracte les biceps, et je réalise qu'il a un tatouage à l'intérieur du bras, mais son tee-shirt me le cache en partie. Je ne vois que quelques feuilles.

J'ai envie de le revoir torse nu. La perspective de revoir ses bras et ses abdos me fait saliver. En fait, c'est complètement nu que je veux le voir.

Je me mords la lèvre et rougis à cette idée, mais ce n'est pas quelque chose d'improbable. Après tout, nous sommes en train de nous embrasser.

Il m'attire sur ses genoux. Je me tourne vers lui et le repousse en arrière pour le chevaucher. Il est plus qu'agréable d'écarter ma jupe et de presser mon sexe contre lui à travers ma culotte et son jean.

Je sens son membre, long et dur. Sa taille me fait gémir alors que j'imagine la sensation qu'il me causerait. Charlie relève la tête pour capturer ma bouche avec la sienne, levant légèrement le bassin par la même occasion. Ce mouvement m'envoie une vague de plaisir.

Ma culotte commence à être mouillée.

— Aaah, dis-je. Oh là là, c'est bon.

Je commence à me frotter d'avant en arrière tout en l'embrassant. Charlie gémit doucement et sort mon tee-shirt de l'élastique de ma jupe. Il le soulève lentement au-dessus de ma tête, dévoilant mon soutien-gorge en dentelle rose.

— Putain, marmonne-t-il en enfouissant la tête entre mes seins.

Il dépose des baisers le long de ma clavicule, puis titille

chacun de mes seins, passant la langue sur la peau autour de mon soutien-gorge.

Je gémis ; j'en veux plus. Il recule et me regarde dans les yeux alors qu'il baisse les bretelles de mon soutien-gorge. Je le dégrafe moi-même, impatiente de sentir sa langue partout où c'est possible.

— Putain, répète-t-il en fronçant les sourcils. Bon sang, tu es tellement belle, Larkin.

Avec lenteur, passion et intensité, ses lèvres se referment sur un téton. Je pousse une exclamation. Il le mordille, puis l'embrasse, avant de prendre le bout de mon sein en bouche pour le sucer.

Je me remets à onduler, et il place une main sur le bas de mon dos pour m'encourager. Je suis trempée de désir, prête pour lui.

Je n'ai jamais rien désiré autant que je désire Charlie en cet instant.

Mes mains se referment sur le bas de son tee-shirt et je le soulève pour exposer ses abdos. Il se dépêche d'enlever le haut pour me donner accès à sa peau lisse, à ses muscles parfaitement façonnés. J'écarquille les yeux alors que j'explore les pleins et les déliés de son corps sculpté.

— Oh la vache, je m'exclame.

Il m'embrasse l'épaule et la clavicule. Je me sens coquine lorsque je saisis la braguette de son jean pour révéler le boxer noir qu'il porte en dessous. Charlie gémit lorsque je passe la main le long de son membre conséquent à travers son sous-vêtement.

Je me surprends à me demander s'il arrivera à entrer en entier. *Il n'y a qu'un seul moyen de le découvrir, n'est-ce pas ?*

Alors que je commence à lui baisser son boxer, un gros *boum* retentit derrière moi. Sans un instant d'hésitation, Charlie passe les bras autour de moi pour me protéger.

Trois collégiens galopent le long du chemin et se rentrent dedans en s'arrêtant net devant nous. Je les reconnais, même si je ne connais pas leurs noms.

Eux me reconnaissent immédiatement, cependant. Ils me regardent, bouche bée, alors que Charlie s'empresse de retrouver son sweat-shirt pour me le passer autour des épaules. Je suis rouge comme une tomate, humiliée.

— Mlle Lake ? demande l'un des garçons.

— Il faut qu'on s'en aille, dit un autre en donnant des coups de coude à ses amis.

— Mais... proteste le premier.

— Allez-vous-en ! tonne Charlie.

Ils tournent les talons et déguerpissent en gloussant.

— Oh non, je murmure en remettant mon tee-shirt, avant de me dégager de l'étreinte de Charlie pour chercher mes autres vêtements. C'est pas vrai, qu'est-ce qui m'est passé par la tête ?

Je panique en pensant à ce qui m'arrivera quand ces garçons raconteront la scène à leurs parents. Comment ai-je pu être aussi bête ? Je m'inquiète pour moi, pour ma carrière.

Ce n'est qu'une fois habillée de pieds en cap que j'aperçois l'expression anéantie de Charlie.

— Oh, Charlie, je ne voulais pas dire...

Il me coupe en secouant la tête.

— Si, tu as raison, dit-il d'un ton déterminé. C'était une erreur.

— Charlie, ce n'est pas ce que je pense, je proteste en ramassant les sandwichs et les pommes en tranches.

— Je me fiche de ce que tu penses, rétorque-t-il d'un air furieux. J'ai commis une erreur. Ça ne se reproduira plus.

Son regard vert me cloue sur place. Mes cheveux se dressent sur ma nuque. Je ne trouve rien à dire sur le moment, alors que je sais qu'il estime que me toucher, m'embrasser, était une erreur.

Combien de fois vais-je commettre la même bévue ?

— Très bien, réponds-je enfin. Si tu le dis.

Il tourne les talons et quitte la clairière à grands pas, me laissant nettoyer le bazar que nous avons créé... au propre comme au figuré.

15
CHARLIE

Il faut que j'aille voir Larkin pour m'excuser d'avoir été si dur, je songe.

D'un air absent, je fais tourner mon stylo entre mes doigts et me balance d'avant en arrière dans mon fauteuil de bureau. La maison est silencieuse, car Sarah fait toujours sa sieste. Je suis assis à mon bureau à tenter de me concentrer, mais je n'y parviens pas.

Non, je ne pense qu'à Larkin. À son sourire, parfois timide, parfois éblouissant. À ses cheveux ; à la façon dont elle les tresse minutieusement sur son épaule. À la façon dont elle a écarquillé les yeux quand je lui ai craché mon venin dans la clairière avant de m'en aller avec colère.

Je pousse un soupir.

Il faut que je m'excuse d'avoir commencé quelque chose que je me sais incapable de conclure. Même si j'en avais très envie.

Et ça au moins, j'arrive à me l'admettre : j'avais terriblement envie d'elle.

Je lui ai laissé deux jours pour se calmer, ce qui n'était sans doute pas la bonne chose à faire. Si j'avais fait ce que je voulais vraiment, j'aurais enfoncé sa porte pour lui faire l'amour sur-le-champ.

Mais une part de moi savait que ce n'était pas une bonne idée. Une part de moi savait que j'étais un désastre émotionnel, un ouragan d'égocentrisme et de négativité.

Je ne peux pas lui infliger ça. Hors de question. Elle mérite bien mieux que moi, une coquille vide.

Mais je veux toujours qu'elle fasse partie de ma vie. Je sais que c'est égoïste de ma part, d'espérer qu'elle me pardonne encore une fois. Mais voilà où j'en suis aujourd'hui.

— Papa ? entends-je tout bas.

Sarah doit être réveillée. Je vais à l'étage et la trouve debout dans son parc. Elle est encore tout ensommeillée, ses cheveux bruns ébouriffés.

— Salut, toi.

Je vais la chercher. Je réalise qu'elle est presque trop grande pour son parc. Il va bientôt falloir que je lui achète un plus grand lit. Je la serre contre moi un instant, un peu triste que deux années se soient écoulées si vite.

— Tate ? demande-t-elle, la tête sur mon épaule.

— Tu veux un goûter ?

Sarah se contente de hocher la tête, épuisée. Je la porte au rez-de-chaussée, sans trop savoir ce qu'il y a dans le frigo. Je vais dans la cuisine et l'installe sur le plan de travail.

— C'est une ville fantôme, ici, dis-je en examinant les étagères vides du frigo. Il n'y a que des condiments. Tu ne voudrais pas de la moutarde et de la mayonnaise, par hasard ?

Je regarde ma fille. Elle secoue la tête d'un air très sérieux.

— Bon, d'accord. On va aller à Dot's Diner, alors. On recharge les batteries, et ensuite on ira faire les courses.

Après nous être habillés tous les deux, nous sortons. Je vois la voiture de Larkin ; elle doit être chez elle. Je descends les marches du porche et me tourne vers sa porte d'entrée.

Ce serait le moment idéal pour m'excuser, car Larkin ne pourrait pas rester fâchée trop longtemps devant Sarah. Enfin, elle pourrait, mais elle ne se comporterait jamais ainsi devant ma fille.

J'ai envie de croire que je vaux mieux que ça, que je n'utiliserais jamais Sarah ainsi... mais je sais que c'est faux. Mes pieds se dirigent vers la porte d'entrée avant même que je me sois décidé.

Je frappe à la porte, et toute sa meute se met à hurler. Elle vient à la porte et leur fait des remontrances.

— Ah, vous alors, l'entends-je se plaindre.

Elle ouvre la porte, et son expression devient dure. Je sens que si Sarah n'était pas là, elle ne mâcherait pas ses mots.

— Lak, dit Sarah en lui tendant les bras.

Durant un instant, je reste sans voix. Ma fille n'a jamais choisi d'être tenue par quelqu'un d'autre si je suis là pour le faire.

— Coucou, Sarah, dit Larkin d'un air plus doux.

Elle presse la jambe de ma fille tout en veillant à ne pas me toucher. C'est compréhensible. Je mérite même bien pire.

— Je suis venu te demander pardon, dis-je.

Larkin me toise.

— Pour quoi, au juste ?

— Pour plusieurs choses. Tu veux bien venir avec nous chez Dot's Diner pour que je t'invite à dîner, même s'il est un peu tôt ? je demande en rajustant Sarah dans mes bras. J'aimerais m'expliquer.

— Tate ! dit Sarah. Grosse tate.

Larkin se mord la lèvre et nous regarde tour à tour.

— S'il te plaît ?

— Plaît ? répète Sarah d'un ton neutre.

Larkin hésite encore un instant, puis cède.

— Bon, d'accord. Je vais chercher ma veste.

Elle ferme la porte, puis ressort trente secondes plus tard.

— C'est bon. Allons-y.

— Bras ? lui demande Sarah en lui tendant de nouveau les mains.

Cette fois, Larkin me la prend.

— Voilà, dit-elle.

Nous commençons à marcher, mais c'est moi qui donne le rythme, et je choisis d'aller lentement. Je fourre les mains dans les poches de mon sweat-shirt à capuche.

— Je suis vraiment désolé pour mon comportement de l'autre jour, dis-je d'un air contrit. Enfin... je n'aurais pas dû partir comme ça. Une fois rentré et calmé, je me suis senti coupable de t'avoir laissé là-bas.

Elle hausse les sourcils.

— Vraiment ?

Je baisse la voix, murmurant presque pour que les promeneurs ne m'entendent pas.

— Je me suis senti coupable d'avoir encore laissé les choses se faire. Notre... baiser, je veux dire. J'aurais dû savoir que je n'étais pas dans le bon état d'esprit pour embrasser qui que ce soit, je crois.

Je la vois se mordiller la lèvre inférieure. Elle fait rebondir Sarah sur sa hanche, puis souffle.

— Je te pardonne, j'imagine, dit-elle en haussant les épaules. Si je m'étais rendu compte que...

— Non, non, l'interromps-je en secouant la tête. Ce n'est pas ton rôle de connaître mes humeurs et de les interpréter.

Elle me jette un regard du coin de l'œil.

— Est-ce que... je peux te demander quelque chose ?

— Tout ce que tu veux, réponds-je.

Larkin prend une grande inspiration.

— Tu penses que... tu seras peut-être... prêt *un jour* ?

Je m'arrête, surpris.

— Pour des relations intimes ?

Elle hoche la tête, les joues roses, et détourne le regard.

— Honnêtement ? Je n'en sais rien. Je crois... je croyais être prêt. Et puis soudain, je ne l'étais plus. Je suis à la ramasse, dis-je en secouant la tête et en recommençant à avancer. Si tu m'avais rencontré à une autre époque de ma vie, les choses seraient différentes. J'espère que tu le sais.

Larkin a les yeux perdus au loin, la tête détournée.

— D'accord, murmure-t-elle.

Merde. Si je ne peux pas la voir en face, je ne sais pas comment jauger sa réaction.

— Hé, dis-je en lui posant une main sur le bras.

Elle a un mouvement de recul et me regarde comme un animal blessé. Des larmes brillent dans ses yeux.

— Ne me touche *pas*.

— Désolé, dis-je en levant les mains. J'ai seulement...

— Changeons de sujet ! s'écrie-t-elle, exaspérée. J'en ai marre de jouer les amoureuses transies.

Les amoureuses ? C'est fort, comme terme. Elle rougit à nouveau alors que je tente d'analyser ce qu'elle vient de dire. Elle presse le pas et s'adresse plutôt à Sarah, cette fois :

— Alors, tu as continué à lire le *Petit Prince* ?

Sarah secoue la tête.

— Non.

— Tu dois demander à ton papa de te le lire. Peut-être qu'il le fera avant que tu ailles dormir ce soir.

Sarah réfléchit.

— Oui.

Larkin rit.

— Ça n'a pas l'air de te réjouir beaucoup, dit-elle à ma fille.

Nous approchons de la façade vert menthe de Dot's Diner, à présent. Je remarque une grande femme mince qui approche, une bonne partie de son visage caché par des lunettes noires et ses cheveux rangés sous un foulard rouge. J'ai comme une impression de déjà vu, mais j'ignore pourquoi. Mon sixième sens est sur le qui-vive, comme quand j'étais dans l'armée.

Je n'y peux rien ; je ne vois pas les yeux de la femme à cette distance, mais je perçois son animosité. Je tends un bras protecteur devant Larkin et Sarah.

— Qu'est-ce que... commence Larkin.

— Comment OSES-tu, bordel ! hurle la femme en enlevant ses lunettes.

Merde. Maintenant que je vois ses yeux, je reconnais Helen. Elle semble furieuse, ce qui ne me donne pas vraiment envie de la laisser approcher près des filles.

— Helen, dis-je en espérant gagner du temps. Je ne vous avais pas reconnue.

— N'importe quoi, rétorque-t-elle avant de regarder Larkin. Rends-moi ma petite-fille, salope.

— Non, interviens-je immédiatement en me plaçant devant Larkin. Et pas de grossièretés devant Sarah, Mme Henry.

Helen semble sur le point d'exploser. Elle jette ses lunettes noires par terre et sort son téléphone. Elle se met à nous filmer, Larkin, Sarah et moi.

— Je suis venue vous réconforter tous les deux, le jour de l'anniversaire de ma fille, s'époumone-t-elle en postillonnant. Et qu'est-ce que je trouve ? Personne ne se souvient de

Britta. Tout le monde s'en fout d'elle. Mon adorable Britta a été oubliée, et je te trouve ici, à tester sa remplaçante.

Quel jour sommes-nous ? je me demande. *Déjà le premier juillet ?*

Je n'en suis pas moins furieux. Furieux qu'Helen croie que je ne pense pas à Britta, que je ne souffre pas à chaque date d'anniversaire. Furieux qu'elle s'en prenne à moi devant ma voisine et ma petite fille.

Et doublement furieux qu'elle pense avoir le droit de me reprocher quoi que ce soit. Britta et sa mère n'étaient pas proches ; Helen aura beau me pourrir la vie, cela n'y changera rien.

— Helen, rangez ce téléphone, l'avertis-je. Larkin, et si Sarah et toi alliez vous asseoir à l'intérieur ?

Larkin se tourne immédiatement pour entrer dans le restaurant, ce qui attise la colère d'Helen. Elle se jette sur Larkin et ma fille.

— Rends-moi ma petite-fille !

Je m'interpose entre elles, et Helen me rentre dedans. L'impact m'arrache un grognement, mais Helen rebondit et s'écrase par terre. Larkin presse le pas et se réfugie à l'intérieur.

Les poings serrés, je tente de maîtriser ma colère. Helen lève les yeux vers moi, furieuse.

— Tu ne peux pas faire ça. Tu ne peux pas l'empêcher de me voir.

— Et vous ne pouvez pas débarquer ici quand ça vous chante pour nous insulter et nous hurler dessus, je rétorque les dents serrées. Quand votre comportement sera digne d'une grand-mère, vous pourrez voir Sarah.

Helen se lève avec lenteur.

— Tu vas le regretter, Charlie.

Je ris.

— Très bien, Helen. Si vous le dites. Appelez-moi quand vous aurez envie de vous excuser.

Sur ces mots, je lui tourne le dos et entre dans le restaurant. Helen s'en va d'un pas vif, sans doute pour rejoindre sa voiture.

Je m'assois sur la banquette qui fait face à Sarah et Larkin avec un sourire sinistre. Mais mes yeux ne cessent de se tourner vers la vitre, les sourcils froncés.

Car même si Helen est dingue et rongée par le chagrin, elle n'a pas tout à fait tort.

Suis-je en train d'oublier Britta ?

Il y a trois mois, j'aurais dit que non, absolument pas. Je jette un regard à Larkin, qui parle à ma fille, faisant la conversation presque toute seule.

Je me renfrogne. Aujourd'hui, j'en suis moins sûr.

16

CHARLIE

*J*e suis au supermarché, au rayon pâtisserie. J'admire toutes les boîtes, indécis. Il y a toutes sortes de gâteaux, ainsi que des cookies et des cupcakes arrangés avec soin. *Qu'est-ce qu'on est censé apporter en dessert pour le repas du dimanche ?*

— Qu'est-ce que tu en penses ? je demande à Sarah, qui se tient à côté de moi. Tu crois que papy et Rosa préféreraient une tarte à la mûre, ou un gâteau au chocolat ?

Elle penche la tête de côté, mais ne répond pas.

— Tu ne m'aides pas du tout, dis-je en regardant l'étalage de pâtisseries les yeux plissés.

Un employé vient me voir en rangeant ses cheveux sous un foulard.

— Je peux vous aider ?

— Oui. Qu'est-ce qui est meilleur, la forêt noire, ou... qu'est-ce que c'est que ça ?

Je montre du doigt un gâteau superbement décoré, avec un glaçage blanc et des fraises en cercles concentriques parfaits.

— C'est notre gâteau à la fraise et aux gousses de vanille. Il y a plein de fraises sur le glaçage, et il est délicieux.

Je regarde mes deux choix, incapable de me décider.

— Lak ! lance Sarah en se précipitant vers l'entrée du magasin sur ses petites jambes potelées.

Je pousse un juron dans ma barbe et lui cours après. Je la rattrape en quelques enjambées et la soulève dans mes bras.

— Où vas-tu ? m'enquis-je.

Elle pousse un cri mécontent.

Larkin passe la porte du supermarché sans faire attention à nous. Sarah avait dû la voir dehors. Je déglutis en la voyant. Elle est à tomber par terre dans sa robe portefeuille vert menthe et son gros gilet gris.

— Lak ! s'écrie Sarah pour attirer son attention.

Larkin tourne la tête et nous aperçoit. Elle nous adresse un grand sourire, les yeux plissés. Mon estomac fait la roue en voyant sa silhouette approcher.

— Salut ! dit-elle en coinçant ses lunettes de soleil dans ses cheveux blonds. Qu'est-ce que vous faites ?

— On va chez mon père pour le repas du dimanche. Ça fait quatre ou cinq fois que Rosa et lui me demandent d'emmener Sarah. Ils ont fini par m'avoir à l'usure, j'imagine.

— Oh, alors c'est une technique qui fonctionne sur toi ? C'est bon à savoir, dit Larkin avec un clin d'œil.

— Ha ha, très drôle.

— J'essaye.

Je réalise qu'aller voir ma famille ainsi qu'un tas d'inconnus serait bien plus supportable en présence de Larkin.

— D'ailleurs, tu sais, on y va maintenant. Tu pourrais venir, si ça te tente. Pour me tenir compagnie.

Elle rougit.

— Chez ton père ?

— Ouais, mais il y aura plusieurs personnes que je n'ai jamais rencontrées. Tu me rendrais un sacré service.

— Euh, dit-elle en regardant sa montre. Il faut que je me couche tôt, parce que je me lève à l'aube, demain... mais comme il n'est que seize heures, ça devrait aller, j'imagine.

Je lui souris.

— Tu ne le regretteras sans doute pas. Sans doute pas.

Larkin éclate de rire.

— Très rassurant.

— J'essaye, je rétorque. Bon, j'étais en train de choisir le dessert à apporter. Qu'est-ce que tu en penses, vanille-fraise ou forêt noire ?

— Forêt noire, répond-elle du tac au tac. Le chocolat, c'est une évidence.

— Je peux te garder sous la main pour que tu prennes toutes les décisions à ma place ?

— Sans doute, répond-elle en haussant les épaules.

— Allez, viens avec nous à la pâtisserie, dis-je en riant.

Nous choisissons un gâteau, puis nous sautons dans ma voiture en direction de la maison de mon père. Quand je me gare devant chez lui, je suis surpris de constater que la façade a été passée au karcher. La boîte aux lettres défoncée et le portail rouillé ont été remplacés.

Quand nous sortons de voiture et que je sors Sarah de son siège auto, Larkin prend le gâteau. Nous commençons à traverser la pelouse. Rosa sort, vêtue en jaune vif de la tête aux pieds. Elle sourit jusqu'aux oreilles.

— Vous êtes venus ! s'exclame-t-elle. Oh, qui est ton amie ?

Je tiens Sarah d'un bras et place la main au creux des reins de mon invitée.

— C'est Larkin, notre voisine. Larkin, je te présente Rosa.

Larkin s'avance, la main tendue.

— Bonjour.

— Bonjour, répond ma belle-mère avec un grand sourire. Et comment va ma petite Sarah, hein ?

— B'jour ! pépie ma fille en tendant les bras à Rosa.

Je la donne à Rosa, qui semble absolument ravie.

— Merveilleux, dit-elle. Suivez-moi. Il y a six invités, en plus de Jax et ton père.

Je jette un regard à Larkin, qui m'adresse un clin d'œil.

— Allez, m'encourage-t-elle.

Je prends une grande inspiration et suis Rosa à l'intérieur, en tenant la porte à Larkin. Une fois dans la maison, je suis surprise de voir autant de monde dans le petit intérieur de mon père. Deux personnes sont assises sur le canapé, mais Rosa les contourne pour nous emmener dans la salle de yoga. Je hume l'air et sens une odeur d'oignons, d'ail et de viande.

Dans la cuisine se trouve une demi-douzaine de poêles et de plaques de four. Je regarde Rosa et dis :

— Ça sent bon.

Elle se contente de m'adresser un clin d'œil.

— Charlie ! s'exclame mon père.

Il brandit une cannette. Il est entouré de plusieurs personnes, y compris mon frère Jax. Je plisse les yeux en voyant la cannette, mais mon père secoue la tête.

— C'est seulement du Coca light.

— Ah.

Deux quinquagénaires fines comme des brindilles s'avancent vers moi. Elles sont identiques, avec leurs cheveux d'un blond argenté et leurs joggings.

— Bonjour, Charlie, dit l'une d'entre elles d'une voix étonnamment basse. Je suis Margaret, et elle, c'est Mary.

— Votre père nous a beaucoup parlé de vous, dit l'autre

en penchant la tête. Ne faites pas attention à nous, nous nous préparons pour notre grande marche.

— Enchanté, dis-je, mal à l'aise.

Heureusement, Larkin est là pour chasser ma gêne.

— Moi, c'est Larkin ! Une grande marche, vous dites ?

— Nous parcourons dix kilomètres pour la recherche contre la dégénérescence maculaire, explique Margaret.

— C'est un genre de perte de la vision, intervient Mary.

Rosa me donne une tape sur l'épaule et me présente à deux hommes hispaniques d'un âge avancé.

— Juan et Carlos, voici Charlie. Le fils de Dale.

Je serre la main des deux hommes en hochant la tête. Nous marmonnons des bonjours.

— Ils travaillent avec ton père au magasin de bricolage, m'explique ma belle-mère. Carlos fait aussi partie de la chorale de notre église. Pas vrai, Carlos ?

Ce dernier se contente d'incliner la tête. Jax arrive, vêtu d'un jean taille basse, d'un tee-shirt à l'effigie d'un groupe de musique et de Converses.

— Salut, mec.

Nous nous étreignons sans grandes effusions. Quand il recule, je remarque un gros bleu sur son bras. Je fronce les sourcils, mais ne fais pas de remarque. Plus tard, quand nous ne serons que tous les deux, je lui demanderai comment il se l'est fait.

Rosa prend le gâteau des mains de Larkin, puis attire l'attention de tout le monde.

— Hé, tout le monde ! Maintenant qu'on est tous là, prions pour pouvoir manger.

Jax me tend la main, la tête baissée avec respect. Je la saisis et tends ma main libre à Larkin. Elle se mord la lèvre et la prend dans la sienne.

— Dale, tu veux bien mener la prière ? demande Rosa.

Mon père pose son Coca et prend les mains de Mary et Margaret.

— Merci, Rosa. J'aimerais prendre le temps de dire, merci Seigneur de nous avoir tous réunis ici ce soir. Surtout, merci de nous avoir amené Charlie, la petite Sarah et Mlle Larkin. Et je t'en prie, Seigneur, bénis-nous cette semaine pendant la grande marche de Mary et Margaret et pendant l'entretien d'embauche de Jax. Bénis-nous et garde-nous du mal, que Ton nom soit sanctifié. Amen.

— Amen, répète tout le monde.

Jax me lâche la main, mais Larkin la garde dans la sienne une seconde de plus et me regarde en la pressant dans la sienne.

Soudain, je suis reconnaissant qu'elle soit là.

Tout le monde se dirige vers la cuisine, où Rosa se dépêche de découvrir les plats de poulet grillé et de brochettes de bœuf, les salades aux haricots et celles de pâtes.

Je la rejoins pour lui proposer de reprendre Sarah, mais elle me chasse.

— Va manger. Elle est très bien là. Hein, Sarah chérie ?

Ma fille sourit. Je hausse les épaules et me rends au bout de la file qui se forme, bientôt rejoint par Larkin.

— Tiens, une assiette, me dit-elle.

— Merci. Et merci d'avoir accepté de venir. Je t'en dois une.

— Mais non, répond-elle en me donnant un petit coup d'épaule. À quoi serviraient les amis, sinon ?

Amis. Est-ce ce que nous sommes ? Nous sommes en tout cas bien plus que des voisins, désormais.

Mais je ne dis rien de tout cela à voix haute. Je me contente de lui sourire. Quand c'est notre tour, je charge mon assiette d'un peu de tout, sauf de la salade de pâtes. Je n'ai jamais aimé ça.

— Ouah, dit Larkin en regardant mon assiette. Garde de la place pour le dessert.

— Je ne risque pas d'en manquer, tu peux me croire, réponds-je en souriant.

Elle hausse les sourcils, mais j'ai raison. Je vide mon assiette et mange ses restes de blanc de poulet.

— Je viens de réaliser que je ne t'avais encore jamais vu manger, dit Larkin. C'est assez impressionnant. Et légèrement inquiétant.

— J'ai couru huit kilomètres hier. Maintenant, je suis prêt pour le dessert.

— Je crois que pour ça, tu vas devoir attendre un peu, dit-elle en levant les yeux au ciel.

Entre le dîner et le dessert, je suis pris en embuscade par Mary et Margaret. Apparemment, leur petit-neveu envisage de s'engager dans l'armée, et elles veulent l'opinion d'un vétéran pour savoir s'il devrait le faire.

Je remarque que Rosa a pris Larkin à part. J'ignore ce qu'elles se disent, mais Larkin n'arrête pas de rougir et de regarder ses pieds.

— Et si on goûtait ce gâteau ? lance mon père en direction de Rosa.

— Oui, oui, dit-elle en tapotant le bras de Larkin. Je vais le couper.

Les hommes font la queue pour avoir une grosse part, tandis que la plupart des femmes passent leur tour. Rosa me coupe une part parfaite, et je le goûte. Il y a de gros morceaux de chocolat dedans, et le glaçage est délicieux.

— C'est bon ? me demande mon père en se glissant à côté de moi.

La bouche pleine, je me contente de hocher la tête.

— Mmm.

— Qu'est-ce qu'il y a entre la jolie blonde et toi ? me demande-t-il en montrant Larkin du menton.

Je tousse et m'étouffe sur mon gâteau. Mon père me donne une grande tape dans le dos. En cet instant, il me rappelle l'homme de mon enfance.

— On est... amis, parviens-je enfin à dire.

Il hoche la tête.

— C'est une super amie que tu as là. La plupart des amis ne viendraient pas à ce genre de réunion de famille. Tu devrais la remercier.

— Je l'ai fait, réponds-je en fronçant les sourcils.

— Mmm, dit-il d'un air sceptique. Rosa voudrait que Sarah passe la nuit ici. Ça t'irait ?

Je hoche lentement la tête, et mon regard s'égare sur Larkin.

— Oui, ça m'irait.

— J'en étais sûr, dit mon père en me donnant une tape sur l'épaule. Je vais prévenir Rosa.

Peu de temps après, je vais rejoindre Larkin.

— Tu es prête ?

— Ouaip ! répond-elle.

Sans se départir de son air enthousiaste, elle se penche et ajoute dans un murmure :

— Je n'en peux plus, de toutes ces infos sur la dégénérescence maculaire.

Je souris.

— D'accord. Je vais dire au revoir à mon père et Rosa, et on pourra se tailler d'ici.

Après être allé chercher le sac à langer que je garde toujours dans ma voiture, je dis au revoir à tout le monde. Larkin et moi sortons sous le ciel qui s'assombrit. Le soleil commence à se coucher.

Je vois Larkin frissonner alors que nous nous glissons dans ma voiture.

— Je vais mettre le chauffage, promets-je.

Quelques gouttes de pluie s'écrasent sur le pare-brise, annonçant le temps qui nous attend. J'allume le contact et enlève mon sweat-shirt.

— Tiens, dis-je en le tendant à Larkin.

Elle rougit et l'enfile, passant les mains dans les manches. Elle paraît toute petite et mignonne dans mon grand pull.

— Merci. Et à part la dégénérescence maculaire, la soirée était sympa.

Je souris.

— Tu es trop gentille.

Je prends la route en direction de la maison. Sur le chemin, le temps devient de plus en plus épouvantable.

— Ça fait longtemps qu'on n'a pas eu une vraie tempête par ici, fait remarquer Larkin en regardant par la vitre.

— Eh bien, la tempête est bien là. Je ne serais pas étonné qu'il y ait des inondations.

— Dans les quartiers en contrebas, peut-être. Mais pas vers chez nous.

Elle tremble visiblement, désormais, malgré le chauffage.

— Ça va aller ? je lui demande en lui jetant un regard.

— Bien sûr.

Son ton enthousiaste est trahi par sa posture ratatinée dans mon sweat-shirt alors qu'elle tente de se réchauffer.

Je me gare devant chez nous et coupe le moteur.

— Je vais devoir courir, annonce Larkin en regardant sa main d'un air dépité.

Elle commence à retirer mon sweat-shirt, mais je secoue la tête.

— Rentre avec.

— D'accord.

Elle hésite, réalisant peut-être que quand elle ouvrira la portière, elle rentrera chez elle, et moi chez moi.

— Est-ce que tu veux, euh... est-ce que tu veux un verre ?

Je prends une inspiration. Au fond, je sais qu'elle me demande plus qu'un verre. Pourtant, je suis incapable de refuser.

— Oui, dis-je en hochant la tête. Tu es prête ?

Elle se mord la lèvre et croise mon regard. Un frisson me traverse.

— Oui, dit-elle à voix basse.

— Bon. On compte jusqu'à trois ?

Elle hoche la tête, et je fais le décompte :

— Un... deux... trois...

Je sors sous la pluie glaciale, claque la portière et me précipite vers le porche de Larkin.

17

LARKIN

Je cours sous la pluie battante, emmitouflée dans le sweat-shirt de Charlie. Au début, il me protégeait, mais il est désormais lourd et gorgé d'eau.

Charlie atteint mon porche le premier, ses pas lourds bien audibles. Je le suis, le cœur battant la chamade. Je baisse la capuche du sweat-shirt et sors mes clés.

— C'est dingue, marmonne Charlie. Un vrai déluge.

Je m'efforce de ne pas le regarder trop longtemps. Avec son tee-shirt trempé et ses cheveux mouillés, il ressemble à un vrai dieu du sexe. J'ouvre la porte malgré mes mains tremblantes. Un peu à cause du froid... et un peu à cause du trac, sans doute.

Après tout, Charlie est là. Trempé. À me regarder d'un air plein de promesses...

Une fois à l'intérieur, tous les chiens se jettent sur nous. Je les laisse renifler les mains de Charlie, à la recherche de friandises et de caresses.

— Viens, dis-je en lui faisant signe de me suivre. J'ai des serviettes et des couvertures.

— Tu te sacrifies toujours comme ça ? me demande-t-il en faisant quitter l'entrée aux chiens.

Je me dirige à grands pas vers l'arrière de la maison, toute tremblante.

— Comment ça ? je lance par-dessus mon épaule en me dirigeant vers le placard du bas. Attends une seconde dans le salon, les serviettes sont juste là...

J'ouvre le placard et en sors une pile géante de serviettes, avant de regagner en vitesse le salon. Charlie se tient au milieu de la pièce, trempé, dégoulinant sur le sol. Je m'approche, ralentissant quand je ne suis plus qu'à un mètre de lui. Il me fixe de ses yeux verts, l'air sombre, sexy et... *argh*.

J'ai envie de lui, je crois. Très envie de lui.

Je trébuche sans comprendre comment, et je laisse tomber la moitié des serviettes. Il me tend les bras pour m'empêcher de tomber et m'attrape par les épaules.

— Ooh ! je souffle.

— Attention, dit-il en me stabilisant.

Je frissonne à nouveau alors que je me redresse, et il me regarde d'un air très sérieux.

— On devrait te débarrasser de ces vêtements trempés.

Je penche la tête en arrière, les yeux levés vers lui. Il me regarde et repousse les mèches qui me tombent sur le front.

Je n'ose pas respirer. Je n'ose pas parler. Je suis glacée sous son beau regard vert, et j'attends qu'il fasse le premier pas.

Charlie pose la main sur ma joue et passe le pouce sur les contours de mes lèvres. Il se mord la lèvre inférieure ; pour la première fois depuis que je le connais, je suis sûre de savoir à quoi il pense.

Il a envie de moi.

Je me mets soudain sur la pointe des pieds, rapprochant légèrement mes lèvres des siennes. Je plonge le regard dans ses yeux, lui demandant en silence : *est-ce que ça vaut le coup ?*

Je l'implore presque. Ses yeux se posent sur mes lèvres. Je sens son souffle sur ma bouche, chaud sur ma peau.

Puis il parcourt la distance qui nous sépare, fermant ses yeux expressifs. Il m'embrasse sans la moindre trace de l'hésitation qu'il doit ressentir. Non, son baiser est ferme, dominateur et plein d'une passion renouvelée.

Il passe la main dans mon dos pour me coller à lui, et mon corps moelleux entre en collision avec sa carrure musclée. Mes mains se posent sur son torse, se referment sur son tee-shirt.

De sa main libre, il ouvre la fermeture éclair du sweat-shirt à capuche et me le retire, ainsi que mon gilet. Je frémis, d'appréhension et de froid, et il le perçoit.

Sans un mot, il me soulève et me porte dans l'escalier en direction de ma chambre. Je lui passe les bras autour du cou. Je me sens minuscule et fragile dans ses bras.

Il pénètre dans la chambre principale, la mienne. L'intérieur est très féminin. Le lit à baldaquin est en bois de cèdre, avec des voilages en dentelle et un couvre-lit ivoire.

Mais il ignore le lit et se dirige dans la salle de bains attenante. Il n'y a qu'une baignoire à pattes de lion dans la pièce, alors je ne sais pas ce qu'il veut y faire.

Il me pose et ouvre les robinets. Puis il commence à me déshabiller, tirant sur les bretelles de ma robe portefeuille. J'ôte mes chaussures et l'aide avec ma robe ; elle tombe bientôt par terre, et je reste à frissonner dans mon ensemble culotte-soutien-gorge en dentelle blanche.

La vapeur commence à emplir la pièce, et sa chaleur me fait du bien. Charlie s'agenouille pour enlever ses Converses, puis lève les yeux vers moi.

— Je me suis imaginé cette scène des centaines de fois,

admet-il d'une voix pleine d'émotion. J'ai envisagé des milliers de scénarios, de positions différentes. Je me suis demandé lesquelles te donneraient le plus de plaisir.

Je frémis à nouveau, mais cette fois, cela n'a rien à voir avec le froid. Je me mords la lèvre, craignant de rompre le charme en parlant.

— Tu sais ce que je veux plus que tout, là ? me demande-t-il en me caressant la hanche.

— Quoi ?

— Que tu enlèves ta culotte et ton soutien-gorge et que tu t'assoies sur le rebord de la baignoire, face à moi.

Je rougis, mais je sais qu'il faut que je le fasse. J'enlève mon soutien-gorge avec lenteur, lui dévoilant mes seins, mes tétons roses durcis dans l'air plein de vapeur. Je le vois prendre une bouffée d'oxygène et se mordre la lèvre. C'est tellement sexy que c'en est presque injuste.

Je suis consciente de mon cœur qui bat à cent à l'heure alors que je me débarrasse de ma culotte, me laissant complètement nue. Vulnérable.

— Assieds-toi, m'ordonne-t-il.

Ses yeux parcourent ma peau nue. Il a beau être toujours à genoux, je ne doute pas une seconde que c'est lui qui commande.

Je recule et m'assois sur le rebord, envahie par le doute. Je suis là, complètement nue alors qu'il est toujours habillé. Et si je ne suis pas à la hauteur de ses fantasmes ?

Charlie s'avance et attire ma bouche contre la sienne. J'enfonce les doigts dans ses cheveux courts alors qu'il envahit ma bouche, que nos langues dansent ensemble.

Je sens ses mains sur mes genoux pour les écarter. Au début, je résiste, jusqu'à ce qu'il s'interrompe et qu'il murmure :

— Détends-toi, Larkin.

Je le laisse m'écarter les jambes, dévoilant mon sexe.

Je m'attends à ce qu'il y plonge directement, mais non. Il descend petit à petit, m'embrassant la mâchoire, le cou, l'épaule. Je passe les mains sur ses épaules larges, sur les muscles de son dos qui se contractent à chacun de ses mouvements.

Il m'embrasse le sein droit et referme les lèvres sur mon téton. Je renverse la tête en arrière et pousse un gémissement alors qu'il le suce et le lèche, se servant de ses dents pour le faire durcir.

— Oh putain, je m'exclame en me tortillant contre lui.

Je suis de plus en plus mouillée, et j'ai l'audace de presser mon sexe contre son torse.

Il lâche mon sein avec un bruit mouillé, et continue ses baisers en direction de mon pubis. Une petite voix à l'arrière de mon crâne me dit que Charlie est vraiment là, dans ma salle de bains, et qu'il s'apprête à me lécher. Est-ce bien réel ?

Je chasse cette idée alors que Charlie passe la langue le long de ma fente pour me titiller.

— Charlie, je l'implore. S'il te plaît.

Il m'embrasse plutôt la cuisse.

— S'il te plaît quoi ?

— Juste... s'il te plaît, dis-je en avançant le bassin de quelques centimètres. Ça fait déjà deux mois que j'attends. Ne m'oblige pas à patienter encore plus longtemps.

Il me regarde paresseusement et se remet à m'embrasser l'intérieur de la cuisse. Quand il recule, je ne peux m'empêcher de geindre :

— Charlie !

Mais il me surprend à nouveau en me tirant par la main vers la chambre.

— Il nous faut plus d'espace, dit-il simplement.

Je me dirige vers le lit, et il me laisse partir. Je m'assois à nouveau.

Il commence à se déshabiller, à commencer par son tee-shirt noir mouillé, dévoilant glorieusement ses pectoraux, ses biceps et ses abdos. Puis son jean noir, ses jambes longues, mais puissantes, chacune presque aussi large que moi. Bientôt, il ne porte plus qu'un boxer noir et humide...

Et il se peut que je bave légèrement. Charlie s'approche de moi, avec la grâce et la puissance d'une panthère. Je commence à reculer sur le lit, mais il m'attrape par la cheville.

— Bouge pas, m'ordonne-t-il.

J'écarquille les yeux ; il peut me donner des ordres quand il veut, honnêtement. Il grimpe sur le lit et s'allonge à côté de moi, les yeux brûlants comme deux flammes. Je roule sur le flanc et me sers de mon genou pour camoufler en partie ma nudité, mais il ne me laisse pas faire.

— Non, non, dit-il en m'écartant les cuisses. Tu n'as aucune raison de te cacher de moi. Tu es sublime, dans les moindres détails.

Je rougis et hoche légèrement la tête. Il passe la main de ma clavicule à mon sein, puis le long de ma hanche, qu'il presse entre ses doigts.

— Putain, qu'est-ce que tu es belle, Larkin, me dit-il en croisant mon regard. Tu me rends dingue presque tous les jours, simplement en étant toi-même. Ça m'est presque insupportable.

Je ne réponds pas immédiatement. Je suis bien incapable de trouver la répartie appropriée à ce genre de compliment. Je finis par dire :

— Moi aussi, je ressens la même chose avec toi.

Charlie ne m'écoute pas, cependant. Il se met à genoux, se penche pour m'embrasser la clavicule, le haut du sein, le téton. Il le suce. Sa langue est brûlante et mouillée, et mes hanches se soulèvent d'elles-mêmes.

J'ouvre la bouche et lâche une plainte. Il me lape le téton, puis le délaisse. Je pousse une exclamation déçue, mais Charlie a autre chose en tête. Il m'embrasse jusqu'au nombril, puis m'écarte les jambes pour se faire de la place.

Il me pousse tout en haut du lit, puis se met à l'aise entre mes cuisses. Il me soulève un genou et m'embrasse l'intérieur de la jambe.

Je me tortille légèrement, même si je sais que ce qu'il va me faire sera torride. Mais en arrière-plan, je suis vaguement mal dans ma peau, et je m'inquiète de ne pas être à la hauteur de ses fantasmes.

Il trouve ma fente à deux doigts et la caresse lentement de bas en haut, de bas en haut. Il est couvert de mes fluides ; il s'interrompt et met les doigts dans sa bouche, avant de pousser un petit son satisfait comme si cela était parfaitement normal.

Je rougis et me crispe. Je referme légèrement les jambes. Mais il écarte mes petites lèvres avec les doigts en question et se penche pour m'embrasser le clitoris.

— Oh la vache ! je m'exclame, paniquée.

C'est tellement bon, mouillé et chaud que je crains de ne pas tenir longtemps. Quand il m'embrase de nouveau le clitoris, avec sa langue et des bruits de succion cette fois, j'enfouis les doigts dans ses cheveux.

Il décrit des huit avec sa langue un moment, pendant que je gémis et tente de ne pas coller mon bassin à sa tête. Mais quand il referme les lèvres autour de mon clitoris pour le sucer, je ne peux me retenir.

— Oh là là, oh là là, dis-je encore et encore. Je ne suis... pas loin du tout, Charlie.

Il change légèrement de position et titille mon entrée

avec un doigt. Je frémis d'impatience et rue sous sa bouche quand il introduit un deuxième doigt.

Après le troisième, j'ai l'impression de bouillonner. Il suce mon clitoris et fait de lents va-et-vient en moi avec ses doigts. C'est trop.

J'émets un petit son de gorge, j'y suis presque.

Il ralentit, cependant, et retire ses doigts. J'ouvre les yeux pour lui jeter un regard noir.

— Qu'est-ce que tu fais ? je lui demande, hésitante.

— Tu arrives à jouir pendant la pénétration ? s'enquit-il en se léchant doucement les doigts.

— Oui...

— Bien. Alors je crois qu'on devrait jouir ensemble, déclare-t-il en se redressant sur ses genoux. Je voulais simplement te préparer au maximum, parce que... ça fait un moment pour moi. Et parce que je rêvais de lécher cette chatte.

Je rougis à ces mots, même s'il vient juste de faire exactement ça. Je me mords la lèvre et lui fais signe de s'approcher. Il recule pour enlever son boxer, le laissant complètement nu. Son membre est fièrement sorti, long, épais et superbe.

Il a un tatouage sur la hanche, mais je n'ai pas vraiment le temps de l'examiner. Il marque une pause.

— Est-ce que tu... est-ce qu'il nous faut un préservatif ? me demande-t-il.

Je secoue la tête.

— J'ai un stérilet, et mes analyses sont nickel.

— Les miennes aussi, dit-il en rampant sur mon corps jusqu'à ce que nos hanches se touchent.

Il est lourd, presque trop lourd pour moi, mais sa carrure compense. Il se hisse sur les coudes pour assumer une partie du poids.

Mes lèvres trouvent les siennes, et mes mains trouvent

son membre, que je caresse avec douceur. Il rompt notre baiser avec un gémissement grave et plein de désir. Ce son me fait renoncer à faire durer les choses.

Je place son sexe contre mon entrée et bouge légèrement les hanches pour l'encourager. Il ne s'enfonce pas tout de suite en moi, cependant. Il m'admire une nouvelle fois et chasse les cheveux humides qui me tombent sur le visage.

— Tu es belle, me dit-il.

Je vois à ses yeux qu'il est sérieux.

— Toi aussi, tu es très beau, dis-je.

Il m'embrasse à nouveau, ses lèvres chaudes et agréables. Puis il me pénètre lentement, centimètre par centimètre.

— Aaah, dis-je en le sentant m'étirer.

Il semble blessé.

— Ça va ? Tu veux que j'arrête ?

Je secoue la tête.

— Non, va plus vite.

Charlie se retire, puis s'enfonce, se retire, puis s'enfonce. De plus en plus vite et profondément à chaque fois. Il trouve un rythme, lent, d'abord. Je vais à la rencontre de chacun de ses coups de reins, sentant mon corps s'échauffer en me souvenant du plaisir que j'ai ressenti il y a seulement quelques minutes.

Je passe les jambes autour de sa taille alors qu'il augmente le rythme. Une douce sensation de friction se crée ; c'est fantastique, comme si quelque chose en moi était en feu, un feu que seul Charlie pouvait éteindre.

À chaque va-et-vient, je me rapproche de l'extase. Je sens un ressort se tendre de plus en plus. J'ai juste besoin d'un petit quelque chose... en plus... pour être libérée.

— Charlie, dis-je, à bout de souffle. Je vais avoir besoin que tu me baises *plus fort*. Ne te retiens pas.

Il a un sourire en coin, puis me donne ce que j'ai demandé. Il se penche sur moi et va et vient comme un marteau piqueur. De la sueur se met à perler sur son visage et son torse. Je ne peux que m'accrocher à lui, le ressort en de plus en plus tendu.

— Putain, murmure-t-il d'un ton plein de révérence.

Je ne l'entends presque pas, tant je suis prise par ce que nous faisons.

— Oui, je l'encourage, mes hanches claquant contre les siennes encore et encore. Oui ! N'arrête pas. Ne t'avise pas de....

Je suis tellement remontée à bloc que quand je commence à jouir, je plante les ongles dans le dos de Charlie, y laissant ma marque. J'ai l'impression de voir des feux d'artifice, sauf que dans mon monde, tout devient noir à l'exception de quelques taches de couleur vive.

Je tombe d'une falaise que je n'avais pas vue venir, et je tombe dans l'abysse de mon propre plaisir. Une seconde après mon orgasme, je sens Charlie commencer à jouir. Je l'entends pousser un cri rocailleux, et je sens sa semence chaude profondément en moi. Je le sens ralentir, puis s'arrêter.

Il pose le front contre l'oreiller à ma gauche, respirant la bouche ouverte durant un instant. Mon cœur battant commence à ralentir.

Charlie m'embrasse, un baiser lent et langoureux. Il a un goût de sueur, mais cela ne me dérange pas le moins du monde. Je soupire dans sa bouche et pose les mains de chaque côté de son visage.

Quand il se retire enfin et va se nettoyer dans la salle de bains, je reste allongée sans bouger. *Profite de ce moment,* me dis-je. *Tu as eu ce que tu désirais depuis si longtemps. Qui sait quand ça se reproduira ?*

Il sort de la salle de bains avec un gant. Je hausse un sourcil, mais il se met à me laver avec douceur. Il disparaît à nouveau, puis revient et s'enfonce dans le lit à mes côtés.

Je suis plus qu'étonnée. Je m'étais attendue à ce qu'il enfile ses vêtements, décrète que c'était une erreur, et s'en aille.

Mais il passe un bras autour de moi, me serre contre lui et m'embrasse l'épaule.

— Désolé d'avoir duré aussi peu de temps. La prochaine fois, je tiendrai plus longtemps.

— La prochaine fois ? je demande en tournant la tête vers lui.

En plus, ce n'était pas trop court. Il doit simplement mettre la barre super haut.

... Ça me va.

— Ouais. Donne-moi... je ne sais pas, vingt minutes pour recharger les batteries ? Bien sûr, si tu es prête, je peux te lécher à nouveau...

Je dois ravaler mon air surpris. Il prend mon expression pour de l'intérêt.

— Roule sur le ventre. Je vais te lécher par-derrière, cette fois.

— Je...

Je referme la bouche. Qui suis-je pour lui dire qu'il n'est pas obligé de faire tout ça pour moi ?

Je roule sur le ventre, et Charlie se redresse et me frappe les fesses dans un grand *clac*.

Seigneur, dans quoi est-ce que je viens de m'embarquer ?

Mais bientôt, ses doigts agiles trouvent mon clitoris, et mes protestations s'envolent.

18

CHARLIE

Je me détache enfin du corps en sueur de Larkin et j'atterris avec un bruit sourd sur le lit. Mon cœur bat à tout rompre, et je ruisselle de sueur. Le soleil se lève, et ses rayons illuminent la preuve de ce que nous avons fait.

Les vêtements éparpillés par terre, les verres de vin à moitié vides, le couvre-lit jeté par terre.

Je regarde Larkin, qui émet un rire rauque.

— Ne me regarde même pas ! me lance-t-elle en se couvrant les yeux du bras. Quatre parties de jambes en l'air, c'est bien assez. Je n'ai plus la moindre force.

J'ai un sourire en coin.

— Mais sans la quatrième fois, on n'aurait pas découvert que l'éjaculation féminine était dans tes cordes.

— Oh non, arrête, dit-elle d'un air timide. Et moi qui te trouvais trop taciturne quand je t'ai rencontré ! Maintenant, je réalise que c'était une bénédiction.

Je ris et passe la main sur la courbe de sa hanche.

— Tu me trouves trop bavard ?

Elle me jette un regard par-dessous son bras et soupire.

— Non. Sauf quand tu parles de mes... fluides corporels. Là, je m'y oppose.

Je me tourne sur le flanc, et elle m'imite, reculant dans mes bras jusqu'à ce que nous soyons en cuillères. Je déplace ses cheveux pour ne pas les avoir dans le nez. J'aime la façon dont le soleil illumine ses cheveux et les fait ressembler à des fils d'or.

J'aime beaucoup de choses chez Larkin, d'ailleurs.

Je passe le bras autour d'elle et me mets à l'aise. Nous sommes éveillés depuis des heures, alors m'assoupir me paraît agréable et naturel.

Quand je m'endors, cependant, je rêve de Britta.

Je rêve que nous sommes en vacances dans une destination tropicale. Nous logeons dans une petite hutte en bois sur une plage de sable blanc. Je me lève du lit, pousse la moustiquaire, et vois qu'il fait jour. Britta continue de dormir, le dos tourné, ses cheveux bruns étalés sur l'oreiller.

Je sors de la hutte, seulement vêtu de mon boxer, et j'admire les vagues azur de la mer. Je protège mes yeux du soleil et tente de me gorger de ce qui m'entoure.

Le sel dans l'air, la brise chaude sur ma peau. Je jurerais que le bruit des vagues épelle un message que je ne comprends pas. Quelque chose me perturbe vaguement, quelque chose dont je devrais me souvenir.

Mais je n'arrive pas à mettre le doigt dessus. Pas ici, dans ce paradis. Je tourne la tête vers notre hutte. Britta devrait être là avec moi, à admirer cette vue. Ce serait un moment mémorable, dont nous reparlerions pendant nos vieux jours.

Je rentre dans la hutte et me dirige vers le lit. Je tends la main vers Britta puis hésite.

N'est-il pas bizarre qu'elle n'ait pas bougé pendant que

j'étais dehors ? Je me dis que je m'inquiète pour rien, mais quand je lui touche le bras, elle est glacée.

— Britta, dis-je en la tirant vers moi. Réveille...

Britta tombe sur le dos, ses yeux bleus grand ouverts, son visage pâle. Elle a l'air... elle a l'air... morte.

— Britta !

Je l'attrape par les épaules et lui hurle la première chose qui me passe par l'esprit :

— Tu ne peux pas être morte ! Pense à Sarah !

— Charlie, murmurent les vagues. Charlie, réveille-toi...

Puis j'ouvre les yeux. Je reste un instant désorienté et je tente de me rappeler où je suis. Larkin se tient au-dessus de moi, le front plissé. Elle est nue, la main posée sur ma poitrine.

— Est-ce que ça va ? me demande-t-elle à voix basse.

Je sens soudain la bile me monter à la gorge, cette salive épaisse qui m'indique que je vais vomir.

Pas encore.

Je me précipite hors du lit et cours à la salle de bains. Je relève la lunette des toilettes et regarde la cuvette durant plusieurs secondes. Je ne vomis pas, mais je repose ma tête et le haut de mon corps sur le lavabo durant de longs instants.

Finalement, j'allume l'eau et me rince le visage et la bouche. Je me regarde dans le miroir ; un inconnu se tient face à moi, avec de gros cernes sous des yeux d'un vert étonnant, ses cheveux bruns tout ébouriffés.

— Merde, je marmonne.

Je quitte la salle de bains d'un pas un peu chancelant et regagne la chambre de Larkin. À l'exception du lit à baldaquin et des rideaux girly, je pourrais tout aussi bien me trouver de mon côté de la maison.

Mais Larkin se trouve là, dans un tee-shirt blanc trop

grand, l'air grave. Je vais jusqu'au lit, sans savoir comment lui parler. Je ramasse mon boxer et l'enfile, puis je m'assois sur le lit.

Larkin ne dit rien. Elle se contente de passer les bras autour de mon torse et de m'étreindre. Je n'avais même pas réalisé que j'avais besoin de ça, de ce réconfort inconditionnel, jusqu'à ce que mes yeux s'embuent.

— Merde, dis-je à nouveau, la voix pleine d'émotion. Je... Merde !

Larkin ne répond pas et me serre simplement plus fort contre elle. Je baisse la tête un instant et m'efforce de ravaler mon chagrin. J'ai déjà pleuré un océan de larmes pour Britta.

En plus, je suis au lit avec une autre femme, une femme qui m'a prouvé à maintes reprises qu'elle était fantastique.

Quand la mort de Britta arrêtera-t-elle de me faire souffrir ? À quel moment mes limites seront-elles donc atteintes ?

Quand pourrai-je redevenir un être humain ordinaire ?

Ces questions ne font qu'amplifier ma peine. Quand Larkin se met à me caresser le dos en cercles apaisants, je suis obligé de prendre de grandes inspirations et de me concentrer de toutes mes forces pour ne pas craquer et éclater en sanglots devant elle.

Je finis par me calmer. Larkin me frotte toujours le dos, et je me tourne vers elle. Je lui prends le poignet et la regarde dans les yeux.

— Merci, dis-je.

— Pas besoin de me remercier, dit-elle en secouant la tête.

— Mais si.

Je prends sa joue dans ma main et me penche. Nos

bouches se rencontrent, ses lèvres douces et chaudes, les miennes fermes et pressantes.

Quand nous nous séparons, elle pose son front contre le mien et baisse les yeux.

— Tu l'appelais dans ton sommeil, dit-elle d'une voix chagrinée.

Eh merde. C'est ce que je craignais.

— J'ai rêvé que je la retrouvais morte, réponds-je.

Je ne sais pas si l'honnêteté est la meilleure tactique, là, mais c'est tout ce que j'ai.

Larkin recule et lève les yeux vers moi.

— Ce n'est pas arrivé, si ?

Je secoue la tête.

— Non. Je n'ai même pas été capable de...

Je marque une pause pour respirer.

— C'est sa mère qui a dû identifier son corps à la morgue.

Larkin hoche la tête et baisse les yeux sur ses mains, posées sur ses genoux.

— Est-ce que ce qu'on a fait... est-ce que c'était une erreur ? demande-t-elle, et sa voix se brise sur ce dernier mot.

La dernière chose que je souhaite, c'est que Larkin souffre à cause de moi. Elle est la bonté personnifiée. C'est le soleil là où je suis la lune, sombre et triste.

— Non, dis-je en lui levant le menton avec deux doigts. Ne crois pas ça, s'il te plaît.

Elle a des larmes dans les yeux, ce qui me brise le cœur à nouveau. Une larme s'échappe et lui roule sur la joue. Quand elle prend la parole, sa voix est rauque, pleine de chagrin.

— Qu'est-ce que tu attends de moi ? me demande-t-elle, les mains nouées sur ses genoux.

Elle me regarde avec ses yeux couleur brandy et me dévisage.

J'ai envie de lui faire des promesses. Qu'avec un peu de patience de sa part, je me reprendrai. J'ai envie de l'embrasser, de lui dire que tout va bien, que je vais bien.

Mais je ne veux pas lui donner de faux espoirs. Et si je suis définitivement inconsolable ? Et si chaque fois qu'elle dort avec moi, je me réveille en criant le nom de ma femme ?

Et si je vais tellement mal, que je n'ai aucune chance de guérir un jour ?

Alors je préfère lui dire la vérité. C'est tout ce que j'ai à lui offrir, pour l'instant. Je prends une grande inspiration.

— J'ai peur, admets-je. De tas de choses. Parfois, j'ai l'impression d'avoir peur de tout. J'ai... j'ai l'impression d'avoir déjà connu le grand amour de ma vie. J'aimais désespérément Britta, et elle m'a été arrachée. Alors ça me fait penser que je n'ai pas le droit à... pas le droit à une deuxième chance. Sortir avec quelqu'un me paraît égoïste de ma part.

Je la regarde dans les yeux et m'éclaircis la gorge, car ma voix est de nouveau pleine d'émotion, et je poursuis :

— Chaque fois que je flirte avec toi, que l'on s'embrasse... j'ai peur. Parce que j'ai aimé sans limites, et que ça m'a transformé en coquille vide. Et toi... tu n'es pas le genre de fille à qui on peut demander d'attendre. Je n'ose même pas te le demander, parce que je ne suis pas sûr que le temps et la patience suffisent à... à me *guérir*.

Larkin me surprend en me prenant dans ses bras, en se jetant à mon cou. Elle pleure, je l'entends, je sens ses larmes rouler sur mes épaules. Je pleure aussi, et des larmes salées se frayent un chemin sur mon visage.

— Ça va, murmure-t-elle à travers ses larmes. Tout ira bien.

Je recule et essuie mes larmes du dos de la main.

— Comment est-ce que tu peux dire ça ? Comment est-ce qu'on peut en avoir la certitude ? je lui demande, mes mots teintés de colère.

Elle me prend les mains, entrelaçant ses doigts entre les miens, bien plus gros. Elle a un petit sourire et hausse les épaules.

— Je le sais, c'est tout. Et si tu veux que je t'attende, je le ferai.

— Je ne veux pas que qui que ce soit ait *besoin* de m'attendre, dis-je en secouant la tête.

— Et pourtant, je le ferai.

Elle essuie ses larmes et souffle.

— Tu es sûre que ça te conviendra ? je lui demande en balayant une mèche de ses cheveux.

— Pour l'instant ? Je te prendrai comme tu es.

Je l'embrasse à nouveau, reconnaissant. Elle me laisse un peu de temps. Et je n'ai pas besoin d'espace. Avec elle, je suis insatiable, apparemment.

Mais un nuage noir plane toujours au-dessus de ma tête, même alors que nous nous recouchons.

Le nuage attend. Que j'échoue, que je pète les plombs, que Britta me manque terriblement sans que je puisse en parler à Larkin.

Il attend son heure.

19

LARKIN

Je suis étalée sur le sol du salon, à mettre au point notre prochaine journée à thème à la bibliothèque, sur l'univers de *La Toile de Charlotte*. Il est tard. En temps normal, je serais déjà couchée, mais j'attends ce que l'on pourrait appeler mon *plan cul*.

Je rougis rien que d'y penser.

Il y a trois mois, je n'aurais même pas pu imaginer devenir ce genre de personne. Je n'aurais jamais pu concevoir le fait d'avoir un petit secret honteux. Mais ça, c'était avant que je rencontre Charlie et que toutes mes idées préconçues s'envolent.

J'essaye de me concentrer sur ma tâche, un tas de papiers étalés sous mes yeux. Des post-its sont collés tout autour d'un diagramme de la bibliothèque. Il y a une note pour chacune des six tables, auxquelles les enfants pourront apprendre des choses intéressantes sur le roman et faire des activités.

Alors que je tente de déterminer où je dois placer le post-it « fabriquer des araignées en papier mâché », quelqu'un frappe à la porte d'entrée. C'est sans doute Charlie.

Je me lève et lisse ma robe en jean alors que je me dépêche d'aller ouvrir la porte. Charlie est là, appuyé au cadre de la porte, à me faire tambouriner le cœur avec son air ténébreux.

Je le prends par la main et le traîne à l'intérieur. Il ferme la porte d'un coup de pied, m'attrape par les hanches et m'embrasse en riant.

— Elle s'est enfin endormie ? je demande en me mordant la lèvre alors qu'il m'embrasse dans le cou.

Sa barbe de trois jours frotte contre la peau délicate près de mon pouls et me chatouille.

— Ouaip, dit-il en défaisant le premier bouton de la robe. J'ai le baby-phone dans la poche arrière de mon pantalon. Ça fait des heures que j'attends, à t'imaginer assise ici. Tu es ma récompense pour avoir été patient, j'imagine.

Je ris et défais la fermeture éclair de son sweat-shirt à capuche, puis je soulève son tee-shirt pour passer les doigts sur ses abdos, sur les muscles en V de son bas-ventre.

Notre première fois date d'il y a près d'un mois, et nous couchons ensemble à la moindre occasion. Dès que Sarah n'est pas réveillée, ou dès qu'elle est chez Rosa et Dale, il y a fort à parier que nous nous envoyons en l'air.

La règle tacite, c'est que Sarah ne doit pas assister à la moindre démonstration d'affection entre nous. Si cela arrivait, nous deviendrions en quelque sorte un couple officiel.

Alors nous sommes le plus discret possible et nous retrouvons tard le soir et tôt le matin.

Charlie défait les trois premiers boutons de ma robe, avant d'abandonner et de me jeter sur son épaule.

— Charlie ! je proteste.

— C'est ta faute, réplique-t-il en me portant jusqu'au canapé. Ta robe m'embête.

Il me jette sur les coussins et s'allonge sur moi.

— Pourquoi ? m'enquis-je en souriant lorsqu'il enfouit la tête entre mes seins.

Je sens que je commence à mouiller. C'est toujours comme ça, avec lui. Je ne peux pas m'empêcher d'être excitée.

— Tu ne devrais même pas porter de vêtements, dit-il en enlevant les autres boutons, avant de me passer ma robe au-dessus de la tête.

Je suis nue, sans culotte ni soutien-gorge. Je l'attendais. Son expression est presque comique, celle d'un petit garçon à qui le Père Noël a apporté ce qu'il demandait.

Charlie plonge de nouveau la tête entre mes seins, et les pousse vers sa bouche. Il prend son temps avec chacun d'entre eux, les embrasse et les lèche, passant la langue sur mes tétons. Il se sert de ses dents et me rend folle de désir.

Pendant tout ce temps, mes mains parcourent son corps, sentent chaque contraction de ses muscles. Je passe les jambes autour de lui et presse mon sexe contre les contours de son membre sous son jean.

Il sait très bien comment me rendre dingue. Il pousse un son rauque et profond pendant que sa bouche est sur mes seins. C'est un grondement, ou un grognement, peut-être. J'adore ça.

Il recule.

— Je veux que tu me chevauches la bouche, Larkin.

Je deviens toute rouge.

— Je ne sais pas trop, Charlie...

— Si. Vas-y, essaye. Je pense que ça va te plaire.

Je plonge le regard dans ses yeux, aussi verts qu'un jardin luxuriant et brûlants de désir.

— Ça me met mal à l'aise, admets-je.

— Il n'y a pas de raison. Je suis sûr à cent pour cent que tu seras sublime, assise sur mon visage. Imagine : tes cheveux ramenés en arrière, tes seins qui rebondissent, l'extase sur ton visage...

Je me mordille la lèvre inférieure, mais il s'allonge déjà par terre. *Bon, j'imagine qu'on tente le coup, alors.*

Si je sais bien une chose, c'est que Charlie ne se moquera jamais de moi et ne me mettra jamais mal à l'aise volontairement. Plus nous passons de temps ensemble, et plus je m'en rends compte.

Je quitte le canapé pour m'installer par terre, agenouillée près de sa tête.

— Prêt ? je demande avec hésitation.

Il hoche la tête et me caresse la cuisse avec un sourire en coin.

— Plus que prêt.

Je m'installe au-dessus de son visage, à califourchon. Je ne me suis jamais sentie aussi gênée de ma vie, mais Charlie place doucement les mains sur mes cuisses pour que je m'assoie.

J'écarte un peu plus les jambes en me mordant la lèvre. Je sens son souffle chaud sur ma peau juste avant qu'il m'embrasse l'intérieur des cuisses. Je suis un peu mal à l'aise, mais je suis également très, très excitée.

Je me sens mouiller de plus en plus alors que ses baisers se déplacent vers mon pubis. J'hésite, mais je tente de penser à l'excitation que je ressentirai en voyant son visage après ça. Essuyer mes fluides de sa bouche quand j'aurai joui sur lui ?

Ouais, carrément excitant.

Il appuie de nouveau sur mes cuisses jusqu'à ce que je sois bien appuyée sur son visage. Il embrasse mon clitoris impatient avec douceur. Je gémis.

— Oh là là, dis-je alors qu'il m'embrasse encore, avec un peu plus de force cette fois.

Je me mords la lèvre. Je ne sais pas trop quoi faire de mes mains. Je les passe sur mon propre corps, sur mes seins sensibles. Je penche la tête sur le côté et gémis en voyant Charlie lécher mon clitoris avec lenteur.

Je tire sur mes deux tétons à la fois et me cambre sous sa langue experte. Je n'arrête pas de l'imaginer une fois que j'aurai joui sur son visage ; ça me rend dingue.

Il change de position pour poser la main sur l'une de mes fesses, puis il me rassied sur sa bouche. Il décrit des huit sur mon clitoris avec sa langue tandis que sa main descend de plus en plus bas sur mes fesses, entre mes fesses.

Il referme les lèvres sur mon clitoris et le suce, m'arrachant un cri. Au même moment, il enfonce le bout du doigt entre mes fesses.

Je suis tellement surprise que je ne sais même pas quoi faire. Je me fige, même si Charlie suce mon clitoris de plus en plus fort. J'ai l'impression de m'épanouir comme une fleur alors qu'un sentiment de complétude s'empare de mon corps.

Charlie sent que je me tends, et il s'arrête.

— Ça va ?

Je deviens rouge comme une tomate.

— Oui... mais tu devrais prendre du plaisir, toi aussi.

Il m'embrasse l'intérieur de la cuisse et répond :

— Je peux en prendre, si tu veux te retourner. Tu pourras me sucer tout en chevauchant mon visage.

Comme c'est... cochon.

Je hoche la tête et change maladroitement de position. Une fois face à son membre, cependant, j'ai quelque chose à faire. Mes doigts déboutonnent son jean et baissent son boxer pour révéler sa longue queue parfaite et dure.

Alors que Charlie referme les lèvres sur mon clitoris, je serre le poing sur son membre. Il gémit, ce qui me satisfait au plus haut point. Je passe les lèvres autour de son gland, qui se trouve un peu loin de moi pour que j'en fasse beaucoup plus.

Son goût viril, salé et âcre m'arrache un *mmmm*.

Je tente de me concentrer sur son membre, mouillant mes lèvres et couvrant mes dents avec ma langue. J'essaye de ne pas trop prêter attention à ce que Charlie est en train de faire, à chaque mouvement de sa langue.

Mais c'est très difficile. Je passe la langue sur son sexe et me sers de mon poing pour le caresser sur toute sa longueur. Je sens mon ressort intérieur se tendre de plus en plus. Son doigt habile glisse de nouveau entre mes fesses, et me pénètre de sa première phalange.

Bon sang, je songe, *c'est vachement agréable, en fait.* Il enfonce son doigt en entier, et je me sens soudain pleine. Savoir que je suis sur le point de jouir me déconcentre.

Je marque une pause et lève la tête, ce qui le fait grogner.

— Je suis proche de l'orgasme, je murmure.

Il gémit et redouble d'efforts sur mon clitoris. Je soupire et replonge sur son membre, bougeant la langue et la main en rythme. Son goût change légèrement, devient un peu plus salé alors que je gémis autour de son sexe.

Soudain, j'explose et bascule dans un monde de plaisir. Il jouit juste après moi, vidant jet après jet de son sperme salé dans ma bouche, dans ma gorge.

Quand nous ralentissons enfin, je me laisse glisser de son visage et je me redresse. Le moment que j'attendais est venu ; il lèche et essuie sa bouche et son menton mouillés.

— Eh ben, dis-je, encore un peu essoufflée. C'est super sexy.

— Tu trouves ? demande-t-il avec un sourire malicieux.

— Oui, réponds-je en rougissant.

— Tant mieux. Je suis content que tu sois de cet avis. Donne-moi environ... dix minutes, et tu pourras revoir ça.

Il m'adresse un clin d'œil.

Je lève les yeux au ciel, mais au fond de moi, je sais qu'il est complètement sérieux. Je réussis à me retourner pour m'allonger contre lui, la tête sur son épaule.

J'aime Charlie, je songe. *Je l'aime tellement que j'en ai presque la nausée. Je l'aime tellement que j'ai l'impression que mon cœur va me bondir hors de la poitrine.*

Mais je garde ça pour moi. Allongée là, sur son épaule, il y a tant de choses que je ne peux pas dire à voix haute... et ces mots en font partie.

20

CHARLIE

Larkin sourit en voyant à quel point je suis stressé de la voir conduire. Elle a pris la voie expresse pour une destination inconnue, au volant de ma voiture. De chaque côté de la route, le paysage est superbe. Nous perdons lentement en altitude, mais la forêt est toujours aussi dense.

Je jette un regard noir aux alentours, regrettant d'avoir accepté de suivre Larkin sans poser de questions.

Je tourne la tête vers la banquette arrière pour voir comment va Sarah.

— Ça va ?

Ma fille fait claquer ses lèvres, ravie d'avoir reçu un petit sachet de raisin vert de la part de Larkin. Elle hoche la tête avec enthousiasme.

— Ne t'en fais pas, dit Larkin en me touchant la main. Je respecte les limitations de vitesse. Je respecte la signalisation. Je suis prudente.

Britta l'était aussi, je songe en lui jetant un regard. Britta n'était même pas sur la voie expresse.

Mais je serre les dents et tente de garder ça pour moi.

C'est moi qui conduirai au retour, je ne céderai pas. Nous n'avons fait qu'une vingtaine de minutes de route quand Larkin met son clignotant et quitte la voie rapide.

Le panneau dit que nous allons à Arch Cape, mais c'est tout. Je descends ma vitre et sens l'odeur salée de l'air frais. Lorsque nous tournons à droite, j'entends même le bruit des vagues.

Merde. On est près d'une putain de plage.

Tout mon corps se tend alors que j'entends les mots de Britta résonner dans ma tête. *Un jour, je t'emmènerai voir l'Océan Pacifique.*

Une promesse rompue. Elle m'avait dit ça un jour, quand elle était enceinte et que j'avais admis n'avoir jamais passé de temps sur la côte.

Je jette un regard à Larkin, qui ne se doute de rien. Que suis-je censé lui dire ?

Fais demi-tour, je ne suis pas encore prêt à affronter ça ?

Elle se gare au bord de la route, derrière trois autres véhicules. De grands arbres se tiennent toujours entre nous et l'océan, mais en plissant les yeux, j'aperçois le sable blanc-jaune de la plage.

Merde merde merde. Je suis tendu dans mon siège, comme pétrifié.

— On est arrivés ! annonce-t-elle en regardant Sarah. On est à la plage, ma puce.

Ma fille sourit en entendant son surnom. Elle adore quand Larkin l'appelle comme ça.

Larkin pose la main sur la mienne.

— Prêt ?

Non.

Mais je hoche tout de même la tête et déboucle machinalement ma ceinture. Larkin sort de la voiture, puis sort Sarah de son siège auto. Je sors lentement, en songeant à l'image qu'elles renvoient, toutes les deux : Larkin dans sa robe vert olive, qui dit des mots doux à la petite fille dans ses bras.

Si elles n'avaient pas des couleurs de cheveux aussi opposées, l'on aurait pu croire que Larkin était la mère biologique de Sarah. La façon dont elle lui met sa veste. La façon dont Sarah rit aux blagues de Larkin et se laisse porter sur sa hanche...

On dirait qu'elles font ça depuis toujours, pas depuis trois mois seulement. Sarah est tellement jeune qu'elle ne se souviendra même pas de Britta. Ses premiers souvenirs seront de nous voir main dans la main, Larkin et moi.

En cet instant, cela me pèse.

— On va voir la mer ! annonce Larkin à Sarah. La mer est grande, et bleue, et elle fait *ploc ploc* !

Larkin me regarde. Il est évident qu'elle a remarqué mon expression et mon silence, mais elle ne dit rien. Elle se contente de se retourner et de prendre le sentier qui mène à la plage à travers les arbres.

Je traîne derrière, en proie à un maelstrom d'émotions. Je suis en colère. Je suis triste et désemparé. Je suis plein d'espoir, mais aussi menacé par le gros nuage noir au-dessus de ma tête.

Je suis Larkin et zippe mon sweat-shirt davantage. Un petit vent frais souffle par ici, même en été. Nous émergeons de la ligne des arbres, et voilà la plage, avec ses kilomètres de sable, qui s'étire à ma gauche et à ma droite.

L'océan est encore plus impressionnant, une bête bleu-gris-vert qui s'étale à perte de vue. Les vagues dispersent une fine brume d'eau salée dans l'air en s'écrasant les unes contre les autres en rythme.

Larkin pose Sarah et s'accroupit à côté d'elle.

— Regarde ça, dit-elle.

Elle saisit une poignée de sable, qu'elle laisse s'écouler entre ses doigts.

— Encore ! s'exclame Sarah, qui ne comprend visiblement pas très bien comment fonctionne le sable.

Larkin reprend docilement une autre poignée de sable dans ses mains mises en coupe, puis le laisse couler. Sarah s'accroupit et met la main dans le sable, puis tente de reproduire les gestes de Larkin.

Cette dernière me regarde et plisse le front.

— Tu veux venir présenter l'océan à ta fille ?

Je me sens rougir. Je m'approche d'elles à contrecœur et m'accroupis à côté de Sarah. Ma fille lève les yeux vers moi, son petit visage rayonnant d'enthousiasme. Elle attrape une poignée de sable et reproduit le tour qu'elle vient d'apprendre.

— C'est super, lui dis-je. Regarde ça.

Je construis un petit mur de sable que je façonne avec les mains. Sarah n'est pas intéressée, cependant. Elle tourne la tête en direction de la mer menaçante.

— Réessaye peut-être de lui montrer ça quand vous serez plus près de l'eau, m'encourage Larkin. Je crois que le sable n'est pas assez mouillé, ici.

Je me lève et tape dans les mains pour me débarrasser du sable.

— Allez, viens voir la mer, dis-je.

Je tends la main à ma fille, et elle la saisit. Larkin reste quelques pas derrière nous pour nous laisser un peu d'intimité. Je lui en suis reconnaissant, même si cela me rend triste et en colère.

Nous y sommes, sur la côte, un endroit où je n'aurais sans doute jamais pris l'initiative d'emmener Sarah. Pourtant, la femme qui nous a emmenés ici garde ses distances, pour éviter que... quoi ? Que Sarah associe l'océan à une personne qui ne compte pas ?

Et je la laisse faire. Je ne dis rien. Parce que je veux que l'expérience de Sarah soit pure, oui. Mais aussi parce que je suis un sale lâche.

J'en veux presque à Larkin de ne pas s'imposer, de ne pas prendre Sarah par la main pour l'emmener jusqu'à l'eau. Je lui en veux presque de nous avoir tous emmenés ici. Décidément, entre nous, rien n'est simple.

Je suis énervé contre Larkin parce qu'elle ne se lasse pas de moi, parce qu'elle ne me jette pas en disant qu'elle en a marre. Je m'en veux de lui en vouloir. C'est un bordel pas possible, et je ne sais pas comment mettre de l'ordre dans tout ça.

Alors je souffre en silence et je mène Sarah jusqu'à la rive. Je la laisse observer la mer, puis je la laisse s'avancer légèrement dans l'eau. Elle la regarde s'éloigner, puis revenir.

— Mouillé ! s'exclame-t-elle quand la mer touche ses chaussures. Mouillé !

— Oui, c'est mouillé.

Sarah a l'air de se sentir si trahie par l'eau que je ne peux m'empêcher de rire. Elle s'éloigne en courant, puis trébuche et tombe sur le sable inégal. Elle atterrit à genoux et semble surprise de ne pas avoir mal.

Elle penche la tête, et je vois les rouages de son esprit tourner à plein régime. Je jette un regard à Larkin, qui attend patiemment derrière nous. Je vais la voir et je la prends dans mes bras.

— Désolé, je me suis comporté comme un con, je lui murmure à l'oreille.

Je me retourne pour pouvoir regarder Sarah, qui

découvre que le sable mouillé est une créature tout à fait différente du sable sec.

Larkin me passe un bras autour de la taille et me serre contre elle, mais elle garde le silence. Merde. Ça veut sans doute dire que je l'ai blessée, ce qui était à la fois ce que je voulais et ce que je ne voulais surtout pas.

Je n'ai jamais envie de faire du mal à Larkin. Je me sens coupable que ma situation conduise inexorablement à sa souffrance.

— Merci de nous avoir amenés ici, dis-je en la regardant.

Elle a un demi-sourire et pose la tête sur mon épaule. Je lui embrasse le sommet du crâne, avec l'impression d'être un abruti fini.

Nous restons ainsi un moment, puis allons nous asseoir près de Sarah. Je commence à construire un château de sable plutôt médiocre. Larkin divertit Sarah avec ses observations constantes, la plupart à propos des mouettes et du sable.

Nous restons près de l'eau pendant environ une heure, jusqu'à ce que Sarah s'épuise toute seule. Puis je vais chercher deux couvertures dans la voiture et nous fabriquons un semblant de couchage sur le sable sec.

Une fois que Sarah s'est endormie, apaisée par la main que Larkin lui passe dans le dos, j'ai le sentiment que je peux parler. Je jette un regard sur Larkin, qui a laissé la main dans le dos de ma fille.

Je lui dois une explication. Je lui dois *quelque chose*.

— J'étais censé venir voir le Pacifique avec Britta. C'était ce qu'on avait prévu, mais on n'en a jamais eu l'occasion.

Larkin lève les yeux, un peu surprise.

— Ah bon ? Je ne savais pas.

— Oui, réponds-je en plissant le nez. Ça fait bizarre d'être ici sans elle. Enfin, je sais que je dois me faire à l'idée de faire tout un tas de choses sans elle, désormais. Je ne peux pas passer toute ma vie à faire comme si l'océan Pacifique n'existait pas, hein ?

Elle hoche la tête, pensive.

— Je comprends que ça te rende un peu mélancolique.

Je pousse un soupir et ramasse un galet dans le sable. Je le fais tourner dans ma main pour en sentir la douceur et le poids.

— C'est juste que... tu sais, il y a des milliers d'activités comme ça. Des milliers de petits pièges, qui attendent un faux pas de moi pour me coincer.

Larkin n'a pas de réponse à ça, mais je n'en attendais pas. Elle continue simplement de frotter le dos de Sarah en rythme, tout en la berçant légèrement. Le silence s'éternise entre nous.

Je referme le poing sur le galet. Sa fermeté me rassure.

— Ces derniers temps, j'oublie parfois Britta pendant des heures, admets-je, les yeux perdus dans le vague. Il y a quelques jours, j'ai réalisé que je n'avais pas pensé à elle de toute la journée.

Larkin interrompt ses caresses et lève les yeux vers moi.

— C'est dur.

— Très, réponds-je en m'appuyant sur mes coudes. Je sais que c'est un signe de progrès, le signe que j'avance. Mais je ne peux pas m'empêcher d'avoir l'impression de la trahir, quelque part. J'essaye de me demander ce qu'elle aurait voulu, si elle aurait souhaité que je la pleure aussi longtemps, mais...

Je secoue la tête.

— Quand je l'ai rencontrée à la fac, elle avait un écureuil domestique. Elle l'avait sauvé quand elle était au lycée, et elle l'a gardé pendant des années. Il a vécu une belle et longue vie. Puis il est mort, trois ans environ avant la naissance de Sarah. Une semaine avant le décès de Britta, elle m'a dit qu'elle ne voulait pas adopter de chat ou de chien parce qu'elle ne s'était pas encore remise de la mort de l'écureuil. Elle a passé trois ans à pleurer cette pauvre créature, et ce n'était toujours pas suffisant. Alors... comment est-ce que je peux songer à avancer aussi vite ?

Larkin se tord les mains sur ses genoux, les yeux baissés.

— Je ne sais pas, dit-elle d'une voix faible.

Elle m'adresse un demi-sourire et ajoute :

— Je crois que je me serais bien entendue avec elle.

Je hoche la tête.

— Elle était fantastique.

Larkin prend une grande inspiration, le regard tourné vers l'horizon. J'essaye de m'imaginer ce qui lui passe par la tête. Elle se demande peut-être si j'arriverai un jour à m'engager avec elle. Ou pire, elle a déjà décidé que je ne pourrai ou ne voudrai pas le faire et elle essaye de déterminer combien de temps elle peut encore tenir ainsi.

Je lui prends la main et entrelace nos doigts. Larkin me regarde avec un sourire sinistre.

— C'est superbe, par ici, dit-elle.

Je la dévisage. Ses cheveux magnifiques brillent au soleil et volent sous la brise. Elle est toute fine, mais forte. Ses épaules sont étroites, mais bien carrées. Sa robe vert olive fait ressortir ses yeux.

Dans ma tête, une petite voix me dit : *vas-y, dis-lui ce qu'elle mérite d'entendre. Dis-lui que tu l'aimes. Tout sera pardonné.*

Mais une part plus importante de moi sait que ce n'est pas une bonne idée. Si je prononçais ces mots, tout changerait radicalement. Tout deviendrait beaucoup plus intense, plus périlleux.

Et je ne m'en sens pas encore capable, pour être honnête.

Alors je dis simplement :

— Oui, la vue d'ici est à couper le souffle.

Larkin me regarde, rougit, et rit.

— Tu es un monstre, dit-elle.

— Mais ça te plaît, je réplique avec un clin d'œil.

Elle se penche pour m'embrasser, et ce moment où un *je t'aime* aurait pu sortir tout naturellement s'envole dans la brise salée.

21

CHARLIE

— Chut, dis-je à Larkin en la laissant entrer, avant de fermer la porte sans un bruit derrière elle. Sarah vient d'aller faire une sieste. On va devoir faire vite.

— Elle ne dort pas au moins une heure, normalement ? demande-t-elle en me jetant un regard curieux.

Je recule d'un pas et remarque sa robe magenta, qui semble toute douce. Comme d'habitude, je suis tout en noir, mais Larkin est à tomber par terre.

Enfin, c'est toujours le cas.

Je me mords la lèvre inférieure et touche sa robe. Elle est aussi douce que je le pensais.

— Si, mais on va avoir du mal à faire tenir deux sessions dans ces soixante minutes, et encore moins les trois sessions que j'avais prévues, dis-je.

Elle sourit et réplique :

— On verra bien.

Elle se met sur la pointe des pieds pour m'embrasser et me passe les bras autour du cou. Je la prends par la taille et la porte jusqu'au salon. Je fais de mon mieux pour la prendre sur chaque meuble de la maison. Aujourd'hui, la seule chose du rez-de-chaussée sur laquelle nous n'avons pas couché ensemble c'est une hideuse chaise pastel.

Je pose Larkin dessus, et elle rit.

— Tu es toujours pressé ! m'accuse-t-elle.

Je fais mine d'être offensé et je recule.

— Tu ne me laisses pas le choix !

— C'est ça, dit-elle.

Elle me tend les bras. Je cède et me jette à genoux devant elle pour l'embrasser avec toute la passion qui bouillonne en moi depuis que je l'ai vue hier soir.

Alors que je prends son visage dans ses mains et que je pose mes lèvres sur les siennes, les mêmes mots me brûlent la langue.

Je t'aime.

Je le sais. Je le sens avec une certitude si intense que j'ai du mal à ne pas les prononcer sans faire attention. Je ne suis pas un homme patient. Mais je reste bouche cousue ; cela ficherait en l'air le mois de préparation et d'anticipation qui a mené à ce moment.

Mais j'ai un plan.

Ce que Larkin ignore, c'est que ce soir, je lui dirai ces mots. Je vais les dire, et je vais avoir confiance dans le fait que nous saurons déterminer quelle sera l'étape suivante pour nous.

Car c'est ce que font les couples. Ils réfléchissent ensemble.

Je l'embrasse de toute mon âme. Avec tendresse, car Larkin est une créature fragile, fascinante et passionnante.

Elle ondule contre moi, son corps collé au mien. Puis elle se fige et regarde par-dessus mon épaule.

— Merde.

Je tourne la tête à toute vitesse et vois que Sarah est à

moins de deux mètres de là, les yeux braqués sur nous. Elle fait la moue.

— Eh m...

Je me détache de Larkin. Mettre Sarah au courant pour nous est une étape à franchir, mais nous ne sommes pas encore prêts.

— Sarah, tu n'étais pas censée dormir ? je demande.

— Pas fatigue, dit-elle en pliant ses petits bras sur sa poitrine.

Larkin s'éclaircit la gorge et se lève.

— Tu veux que je t'aide à te recoucher ?

— Je ne crois pas que ce soit la chose à faire, là, dis-je d'un ton ferme.

Je suis plus qu'un peu agacé que Larkin ait proposé cela sans me consulter.

Sarah se dirige vers Larkin sur ses petites jambes potelées, la moue toujours boudeuse. Elle tend les bras à Larkin, qui la soulève.

— Lire ? demande ma fille.

Larkin se mordille la lèvre et me jette un regard. Je suis toujours agacé, mais je lui fais signe que c'est bon.

— Vas-y.

Larkin me jette un regard qui signifie : *On s'engueulera plus tard, mais je ne dirai rien devant la petite.* Je pousse un soupir alors qu'elles se dirigent vers l'étage, et je me laisse tomber sur la chaise pastel.

Non seulement on vient de me casser mon coup, mais à présent, je dois aussi m'inquiéter de ce que je vais dire à ma petite fille. Larkin est plus qu'une amie, ça, c'est sûr. Mais à quel point ?

Est-ce que j'imagine un avenir où je lui passe la bague au doigt un jour ?

Oui.

J'espère au moins que nous aurons un avenir ensemble. Cela me met très mal à l'aise de l'admettre, mais Larkin est ma faiblesse. Je suis prêt à beaucoup de choses pour elle, et j'ai beaucoup d'idées pour la suite.

Mais... pas tout de suite.

Je n'arrive pas à la prendre par la main, à m'engager. Tout comme je n'arrive pas complètement à laisser Britta au passé. Je suis au bord d'un précipice, et la terre s'effrite sous mes pieds, mais je suis toujours tétanisé.

Alors quel est le problème, au juste ? Mon indécision ? Ma peur ?

Bam bam bam bam bam. Quelqu'un tambourine à la porte, me faisant sursauter. Je jette un regard à ma montre en me levant. Il est quinze heures trente, le milieu de l'après-midi. Je ne me rappelle pas non plus avoir commandé quoi que ce soit.

Je me dirige vers la porte à grands pas et l'ouvre à la volée. À ma grande surprise, Helen se tient sur le seuil, avec deux types baraqués vêtus de noir derrière elle. Elle porte un tailleur pantalon d'un blanc immaculé, et son air est triomphant quand elle me tend une liasse de papiers bleus.

Je la dévisage un instant avant de les lui prendre des mains. Je ne les consulte pas, cependant.

— Helen, dis-je en plissant les yeux. L'un des deux hommes remonte son pantalon, et j'aperçois un pistolet et un holster à sa ceinture.

— Je vois que vous n'avez pas jugé nécessaire de prévenir que vous passiez. Pourquoi venir avec des types armés, d'ailleurs ?

— Je te traîne au tribunal pour la garde de Sarah, déclare-t-elle avec un sourire satisfait. Les gardes du corps sont là pour me protéger.

L'espace d'une seconde, je pense qu'elle plaisante. Je

regarde les papiers et les passe rapidement en revue pour avoir une idée de ce qu'ils disent.

Je ne dépasse pas « Demande de Garde » avant de me mettre en colère. Je lève les yeux vers Helen.

— Vous croyez vraiment que me traîner en justice changera quoi que ce soit ? je demande, furieux.

— J'ai raconté à mes avocats que tu avais décidé de mettre Sarah en présence d'une personne dangereuse.

— Qui ça ? Vous parlez de Larkin ?

— Je leur ai aussi raconté que Sarah m'avait dit que tu lui faisais du mal, poursuit-elle comme si de rien n'était. Ils trouvent que j'ai de bonnes chances de gagner.

— Vous êtes folle. Genre... complètement dingue.

Je commence à lui fermer la porte au nez, quand elle place la main dans l'entrebâillement.

— C'est ça, continue comme ça, dit-elle. Chaque parole blessante, chaque bleu que tu m'infligeras jouera en ma faveur.

— Allez-vous faire foutre, dis-je par l'interstice. Répétez ça au juge.

Son sourire s'élargit.

— Je n'y manquerai pas.

Durant un instant, je suis tenté d'aller à l'étage et de sortir mon pistolet de son coffre. Forcer Helen à quitter le seuil et le porche serait jouissif. Tout comme il serait jouissif de l'intimider malgré les deux baraqués qui la flanquent.

Mais je n'en fais rien. Je pense à Sarah et Larkin et à ce qui serait le plus sûr pour elle, vu qu'elles se trouvent à l'étage.

Le plus sûr pour tout le monde, ce serait que ces deux types ne sortent pas leurs armes. Cela n'arriverait sans doute pas si je sortais la mienne en premier.

Alors je m'éloigne simplement de la porte et la laisse ouverte, la main d'Helen toujours dans l'entrebâillement.

— Tu es faible ! s'écrie-t-elle. Tu n'as jamais été à la hauteur de ma fille, de toute façon !

Je m'arrête un instant. Je me remémore un souvenir survenu quelques jours après ma rencontre avec Helen. Britta et moi étions seuls dans mon lit. Je lui avais demandé ce que sa mère pensait de moi, et elle avait changé de sujet.

Mais c'est peu de temps après ça que les relations de Britta avec sa mère ont commencé à vraiment se tendre. Helen avait-elle dit la même chose à Britta ? Que je n'étais pas à la hauteur ?

— Qu'est-ce qui se passe ? demande Larkin en descendant l'escalier.

— La voilà ! La *traînée* de Charlie. Et si tu la faisais sortir, qu'on la voie bien ? Lance Helen en ouvrant la porte d'entrée en grand.

— Remonte, j'aboie en direction de Larkin. Helen est là, complètement tarée.

Larkin pâlit et disparaît dans l'escalier. Je réfléchis un instant. Quel est le meilleur moyen de faire quitter les lieux à Helen et ses gorilles tout en m'assurant d'avoir des preuves des faits ?

Je me tourne vers la porte et sors mon téléphone. Je compose le 911.

— 911, quelle est votre urgence ? répond une femme.

— Allô ? Oui, j'aimerais signaler que mon ancienne belle-mère s'est introduite sans permission sur ma propriété, dis-je, assez fort pour qu'Helen m'entende. Oui, elle a tenté d'entrer dans mon logement sans mon autorisation. Oui, elle a deux types armés devant ma porte, et je pense qu'ils sont là pour me faire du mal. S'il vous plaît, envoyez immédiatement des policiers. Nous sommes au 1427 North Creek Road. Merci.

La main d'Helen disparaît. Je me dirige vers la porte et l'ouvre en grand avec mon pied. Helen et ses gardes du corps battent en retraite.

Je m'appuie au cadre de la porte et les regarde partir. Ils s'entassent dans un SUV noir et s'en vont en vitesse. J'entends les sirènes de police au loin, et je soupire.

Je regarde les papiers qui se trouvent toujours dans ma main et je lutte contre l'envie de les froisser dans mon poing.

Quelle journée ! D'abord Sarah me surprend avec Larkin en train de... eh bien, de faire plus que nous embrasser. Alors je vais devoir gérer les conséquences de cela, quelles qu'elles soient.

Et maintenant, ça ? Ma tarée de belle-mère qui se pointe avec deux hommes de main pour m'agiter ses papiers sous le nez ? Pire, elle m'accuse de faire du mal à Sarah et prétend que Larkin a une mauvaise influence.

D'accord, Helen est cinglée, mais... et si quelqu'un l'écoutait ? Et si après un scénario complètement fou et injuste, elle obtenait la garde de Sarah ?

Je monte l'escalier pour dire à Larkin et ma fille que tout ira bien, mais je n'en suis pas sûr moi-même.

22

LARKIN

— Je ferais peut-être mieux de dormir chez moi ce soir, dit Charlie, nu et étalé sur le dos dans mon lit.

Il se lève avec un grognement et se met à la recherche de ses vêtements.

Je me rembrunis et me redresse à moitié. En temps normal, être nue ne me dérange pas, mais le voir remettre son boxer me pousse à attraper le drap et à le rabattre sur moi.

— Encore ? Ça fait une semaine qu'Helen est passée. Et on a déposé Sarah chez Dale et Rosa pour le week-end. On a deux jours entiers devant nous. Pourquoi est-ce qu'on n'en profite pas ?

Il ne me répond pas tout de suite. Il enfile son jean. J'agite la main devant lui.

— Ohé, j'insiste, de plus en plus énervée.

— Ouais, désolé, répond-il en se rasseyant sur le lit.

Il se penche pour m'embrasser, mais je suis fâchée. Je lui tends ma joue.

— C'est juste que je dois aller voir un avocat lundi...

— On est vendredi soir ! Il est vingt-trois heures. Personne ne t'observe, tu sais.

Il fronce les sourcils.

— Je sais. C'est juste... tu sais, le premier octobre approche...

Je le coupe, énervée.

— Laisse-moi deviner. Le premier octobre est une date spéciale que tu fêtais avec Britta ?

Il détourne le regard.

— Oui, en quelque sorte.

Je grimace et m'éloigne. Je vais de mon côté du lit et trouve ma culotte par terre. Je l'enfile. Je me sens très jalouse de Britta en cet instant. Sa mort la rend intouchable. Je sais que c'est mesquin de ma part. Je sais que j'ai l'esprit étroit.

Mais je ne peux pas m'en empêcher. J'avais l'impression que nous étions à deux doigts de nous confier nos sentiments, et puis *bam* ! L'ouragan Helen a frappé nos côtes, et depuis, plus rien ne va.

— Larkin, dit Charlie.

Visiblement, ce n'est que maintenant qu'il comprend que je suis fâchée. Je trouve un tee-shirt par terre et le passe par-dessus ma tête.

— Larkin, ne t'énerve pas.

— Pourquoi je serais énervée ?

Je me dirige vers mon armoire. Avec des gestes furieux, j'en sors un legging, que j'enfile.

— C'est juste jusqu'à ce que tout ça se tasse.

Je me retourne dans un geste brusque et lui jette un regard noir.

— Tout ça quoi ?

Il a son tee-shirt dans les mains et le retourne dans tous les sens.

— Je dis juste que si on pouvait calmer le jeu en attendant...

— Calmer le jeu ? *Calmer. Le. Jeu* ? Tu es en train de suggérer qu'on arrête de se voir ? C'est ça ?

Il baisse les yeux.

— Non.

— Alors qu'est-ce que tu entends par calmer le jeu ?

— Je voulais dire que... en attendant que j'aie la certitude qu'Helen n'est plus une menace, on devrait garder ce qu'il y a entre nous secret. Tu sais, que ça reste entre nous.

Je passe mes longs cheveux sur mon épaule.

— C'est déjà ce qu'on fait depuis plus d'un mois. Qu'est-ce que tu veux que je fasse différemment, au juste ?

Charlie met un moment à enfiler son tee-shirt.

— Rien, répond-il avec lenteur. Ce n'est pas à toi de faire quoi que ce soit. Je ne veux pas que mes problèmes judiciaires t'affectent.

Je mets une main sur la hanche.

— C'est raté. Ça m'empêche de voir Sarah. Ça m'empêche de te voir toi, apparemment, sauf pour quelques heures de sexe.

Il se lève.

— Je ne veux pas que tu aies cette impression.

— Mais c'est pourtant le cas. J'en ai assez. Pourquoi est-ce qu'on régresse ? Qu'est-il arrivé aux progrès qu'on avait faits ?

Il pousse un soupir.

— Écoute, je sais que ce n'est pas l'idéal... mais ça ne durera sans doute que le temps que je parle à l'avocat. Deux jours seulement.

— Sans doute ? je répète, les joues brûlantes. Je croyais que c'était en attendant que tu voies le juge pour la première fois. Ah non, attends ! Je ne suis pas plutôt censée rester dans l'ombre pendant tout le procès ? J'ai oublié.

— Ce n'est pas comme ça.

— Ah non ? Parce que c'est l'impression que tu me donnes. Tu as été distant toute la semaine, tu refuses de dormir ici. Tu refuses que j'aille chez toi. Et je pensais qu'en l'absence de Sarah, tu serais plus détendu. Mais je me fourrais le doigt dans l'œil.

— Larkin...

Il s'approche de moi, mais je fais un pas en arrière.

— Non ! Je ne suis pas ton plan cul, Charlie. Je refuse d'être traitée comme un secret honteux que tu ressors dès que tu es triste ou en manque de sexe.

— Je sais.

— Et ?

— Et ? répète-t-il. Et quoi ?

Je ramasse son sweat-shirt, qui se trouve sur le sol à mes pieds, et je le lui lance au visage.

— Tu sais, dis-je. Tu es désolé. Ce n'est que temporaire.

Son expression se fige.

— Qu'est-ce que tu veux que je te dise ?

— Je veux que tu agisses comme si je comptais pour toi ! Je veux que tu dises, « Hé, Larkin, je sais qu'Helen est dingue, mais tu comptes à mes yeux. Tous les trois, on va traverser ça ensemble. » Quelque chose comme ça, ce serait très bien.

Je m'arrête pour respirer, et je réalise que je suis tellement en colère que je tremble.

— Elle menace ma fille, Larkin. Tu sais bien que je dois prendre ça très au sérieux, dit-il en enfilant son sweat-shirt une manche après l'autre.

— Tu sais quoi ? Je me demande si c'est vraiment à cause de ça.

Il ralentit ses mouvements et demande :

— Comment ça ?

— Je crois que c'est juste l'excuse que tu attendais. Tu ne voulais pas choisir entre sortir avec quelqu'un et rester un mémorial sur pattes. C'est l'occasion rêvée. « Oh, je ne peux pas choisir d'être avec Larkin, parce que ma belle-mère est une garce. »

Charlie croise les bras.

— Ce n'est pas vrai.

— Ah bon ? Tu vas me dire que face à l'ouragan Helen, tu n'as pas décidé de prendre tes jambes à ton cou ? Ou alors tu me dis que si tu prends tes jambes à ton cou, ce n'est pas à cause d'Helen ?

Il secoue la tête et passe la main dans ses cheveux bruns ébouriffés.

— Tu es injuste.

— Peut-être. C'est peut-être moi la connasse dans l'histoire. Mais je ne fais que marcher sur des œufs depuis qu'on s'est rencontrés ! J'ai constamment peur de dire ou faire quelque chose qu'il ne faut pas. Je reste éveillée la nuit, à m'inquiéter d'un truc que j'ai dit. Est-ce que je t'ai fait mal ? Est-ce que j'ai été trop insistante ? Je... j'en ai assez.

Je suis toujours aussi en colère, mais je sens des larmes brûlantes me monter aux yeux. Ma gorge se serre d'émotion.

— Qu'est-ce que tu veux que je fasse, Larkin ? me demande-t-il avec un regard noir. Tu es censée être la chose la plus facile dans ma vie, pas une complication de plus sur une liste déjà bien longue.

Cette description est un coup de poignard.

— C'est tout ce que je représente pour toi, alors ? Tu ne ressens rien d'autre pour moi ? Tu cochais juste des cases de ta liste ?

— Ce n'est pas ce que j'ai dit !

— Mais c'est ce que tu voulais dire ! je hurle. Est-ce que je passerai un jour en premier ?

— Tu ne peux pas me demander ça. J'ai une fille !

— Avant tes sentiments pour Britta, je veux dire ! Est-ce que moi, Larkin Lake, je pourrai un jour passer avant l'amour que tu ressens pour ta femme décédée ?

— Je n'en sais rien ! s'écrie-t-il.

Nous tremblons tous les deux. Je ne suis plus au bord des larmes, désormais, je pleure ouvertement, les joues trempées.

— Et c'est là tout le problème, dis-je en agitant les mains. Est-ce que tu seras un jour capable de m'aimer, pleinement et sans réserve ? Tu n'en sais rien, et c'est ça qui me *terrifie*. Est-ce que je suis censée attendre pour voir si tu y arrives ?

— Je ne sais pas.

— Qu'est-ce que je suis censée faire, alors ? Hein, Charlie ? Combien de temps je devrais attendre ?

— Je ne sais pas, répète-t-il.

— Tu vois qu'on a un petit problème là, hein ? je demande, de plus en plus frustrée.

— Oui ! Je t'ai déjà dit que je ne voulais pas que tu m'attendes. Et pourtant un mois plus tard, tu es toujours là, à t'énerver parce que je ne me suis pas encore décidé !

— Ah, c'était ma faute alors, dis-je en secouant la tête. J'aurais dû mieux t'écouter quand tu m'as dit de ne pas t'attendre.

— Ouais, tu aurais dû !

— Alors, quoi ? On redevient voisins ? Des gens qui s'ignorent poliment quand ils se croisent en public ? m'enquis-je en essuyant mes larmes du dos de la main. C'est ce que tu veux ?

— Ce n'est pas ce que je veux, gronde-t-il. Mais c'est peut-être ce qu'il *te* faut.

Je suis tellement en colère que je n'ai plus les idées claires.

— Tu veux partir ? Ça me va. Mais soyons clairs : c'est toi qui me quittes, dis-je.

Charlie tourne les talons et s'en va en claquant la porte de la chambre derrière lui. Je m'écroule sur mon lit alors que j'entends ses pas lourds dans l'escalier.

Je suis rincée, émotionnellement ravagée par notre dispute. Les derniers mots de Charlie me résonnent aux oreilles.

C'est peut-être ce qu'il te faut.

Je m'autorise à sangloter, car il n'y a pas de bien et de mal, pas de Goliath bien défini dans cette situation.

Il n'y a que Charlie et moi, et tout un monde de douleur.

23

CHARLIE

Je claque la porte de chez moi, furieux. Larkin a vraiment réussi à me mettre dans tous mes états. Et c'est justement ça le problème. Larkin sait comment m'atteindre.

Atteindre mon cœur.

Le cœur, une bien drôle de chose. Fragile.

Après la mort de Britta, j'étais sous le choc. Et une fois ce choc passé, une douleur insoutenable s'était emparée de moi. Puis j'étais tombé dans une sorte de torpeur, qui n'avait commencé à me quitter que quand...

Quand j'avais emménagé ici. Quand j'avais rencontré Larkin.

Parce qu'elle n'est pas seulement belle, pas seulement intelligente. Elle n'est pas seulement géniale avec Sarah.

Elle me comprend, comme je ne l'aurais jamais cru possible. Elle m'a vu dans mes pires moments : pendant une crise de panique, pendant mes disputes avec Helen, pendant que j'avais l'impression de trahir Britta à la plage.

Et malgré tout ça, elle a décidé que je compte assez à ses yeux pour rester. Rien que ça, c'est un miracle.

Je fais les cent pas dans le salon. Si c'est ce que je ressens, pourquoi est-ce que je ne retourne pas voir Larkin ? Pourquoi résister à l'inévitable ?

Parce que chaque fois que je regarde Larkin avec de l'amour dans mes yeux, je trahis Britta. À chaque souvenir que je crée avec Larkin et Sarah, un vieux souvenir de Britta s'efface.

Larkin a raison sur une chose : depuis une semaine, je ne la traite pas bien. Je passe tard, je couche avec elle, je m'en vais dès que c'est fini.

Je me laisse tomber sur le canapé et broie du noir. Helen me prend la tête, c'est vrai. Mais ce n'est que la goutte d'eau qui a fait déborder le vase.

Au fond, j'ai toujours du mal à décider si Larkin mérite ma loyauté. Pas si elle mérite mon amour, parce que de ce point de vue-là, je suis déjà perdu. Non, ce n'est pas ça qui m'inquiète.

La question est : suis-je vraiment prêt à dire adieu à l'homme qui a promis d'aimer, de respecter et de chérir Britta ? Comment peut-on donner son cœur sans réserve à quelqu'un quand ce cœur est déjà promis à une autre ?

Car avec Britta, j'aimais sans réserve. Mais je suis amoureux de Larkin... Un amour puissant, compliqué, effrayant.

Cela me fait penser à Sarah. D'un côté, c'est le portrait craché de Britta. Quand je la vois baisser les yeux, concentrée sur quelque chose, je croirais voir sa mère. Cela me fait toujours un coup au cœur, me fait presque craquer en public.

D'un autre côté, Sarah s'est liée à Larkin, c'est évident. Elle se promène partout avec son exemplaire du *Petit Prince*. En plus, chaque fois que Larkin entre dans la pièce... ses yeux s'illuminent de joie. Peut-être même d'amour.

Sarah. C'est la seule personne qui pourrait me réconforter en cet instant. Je regarde ma montre. Il est un peu plus de neuf heures du soir. Si j'allais chez Rosa et mon père maintenant, elle serait peut-être toujours réveillée.

Je me dirige vers ma voiture et arrive chez mon père moins de vingt minutes plus tard. Quand j'appuie sur la sonnette de leur petite maison verte, mon père vient ouvrir en pyjama. La télé est allumée derrière lui. Voilà au moins une chose qui n'a pas changé, j'imagine.

— Charlie, dit-il, un peu surpris, avant d'ouvrir la porte en grand. Tout va bien ?

Je hausse les épaules et pénètre dans la maison. Je jette un regard autour de moi, vers les meubles abîmés et la moquette usée.

— Honnêtement, je ne sais pas trop. Je... je me suis disputé avec Larkin, et Sarah a commencé à me manquer.

— Rosa est en train de lui lire une histoire, je crois, dit-il en fermant la porte. Viens, allons voir si Sarah est toujours éveillée.

Il me fait traverser le salon et un couloir, puis nous tournons à gauche. La première porte est entrouverte, et mon père la pousse. Je le suis à l'intérieur et vois Rosa, qui lit une histoire à une Sarah endormie.

Rosa se tourne et hausse les sourcils. Je jette un regard à ma fille. Sa tête dépasse à peine de la couverture rose dans laquelle elle est enveloppée.

Je touche le bras de mon père et secoue la tête, avant de tourner les talons pour partir. S'il y a bien une chose qu'on ne fait jamais quand on est parent, c'est réveiller un enfant endormi.

Je regagne le salon, et mon père me suit.

— Désolé, dit-il. J'imagine que Rosa est trop douée pour coucher Sarah.

Je secoue la tête.

— Ce n'est pas grave. Je voulais juste la voir.

Mon père me regarde durant une longue minute, puis dit :

— J'allais me préparer une tasse de thé et m'asseoir sur le porche de derrière. Tu veux te joindre à moi ?

Je croise les bras, hésitant. Je n'en ai pas très envie, mais quelle est l'alternative ? Rentrer dans un appartement vide qui me fait penser à Larkin ?

— D'accord, dis-je en haussant les épaules.

Mon père se dirige dans la cuisine et remplit une théière bleu vif d'eau. Il la pose sur la gazinière et allume le feu. Je reste près du plan de travail, sans trop savoir quoi dire.

Mon père prend deux vieilles tasses ébréchées dans le placard. Il les pose sur le plan de travail et marque une pause.

— Tu veux me raconter pourquoi tu t'es disputé avec Larkin ? me demande-t-il en évitant soigneusement mon regard.

Je le dévisage et vois une version plus âgée de moi. Une version un peu plus sage aussi, j'espère. Je prends une inspiration. J'ignore ce que je vais dire, mais je décide de faire confiance à mon père.

En plus, rien ne m'oblige à suivre ses conseils.

— Euh, c'était... assez terrible. On s'est disputés à cause de la demande de garde d'Helen, enfin en quelque sorte.

— En quelque sorte ? Comment ça ?

Je grimace et rejoue la scène dans mon esprit.

— J'imagine que tu as remarqué que Larkin et moi, on... passe du temps ensemble.

Mon père hoche simplement la tête.

— Bon, on était en train de... passer du temps ensemble... chez elle. Après, j'ai dit que j'allais dormir chez moi. Ça l'a énervée, et elle a dit que j'étais distant avec elle depuis qu'Helen veut demander la garde.

Mon père fouille les placards pour trouver des sachets de thé, qu'il jette dans les tasses.

— Et alors ? demande-t-il. C'est le cas ?

— Pas intentionnellement, réponds-je, avant de plisser les yeux. Je ne sais pas, peut-être.

La théière se met à siffler, et mon père l'ôte du feu. Il verse l'eau frémissante dans les tasses.

— On dirait que tu sais que tu as tort, fait-il remarquer en me regardant.

— Attends, ça ne s'est pas arrêté là, dis-je en me passant la main dans les cheveux. Il se peut que j'aie suggéré qu'on calme le jeu en attendant la fin de ces histoires de garde...

Mon père pousse un petit sifflement.

— Aïe... Pas terrible.

— Là, elle m'a accusé de me servir de mes problèmes avec Helen comme excuse parce que je n'ai pas vraiment envie de sortir avec quelqu'un, dis-je en grimaçant. Et le pire, c'est qu'elle a peut-être raison.

Mon père me tend l'une des tasses fumantes. Un personnage de dessin animé un peu effacé est peint dessus, mais je n'arrive pas à voir lequel. Je baisse les yeux sur ma tasse et vois des filaments de thé sortir de leur sachet.

— On dirait qu'un gros travail de réflexion t'attend, dit mon père.

Il souffle sur son thé un instant, mais ne le boit pas tout de suite. Puis, il ajoute :

— Il faut que tu décides de quel côté de la barrière tu veux te tenir.

Je baisse les yeux sur mes Converses.

— Tu veux que je choisisse entre deux femmes ? Je crains que ce soit impossible.

Mon père semble songeur.

— Viens, allons dehors, dit-il.

Sans m'attendre, il ramasse sa tasse et passe la porte vitrée qui mène au patio. Il y a un petit espace couvert avec deux chaises de jardin. Il s'assoit sur l'une d'entre elles avec un soupir.

Je m'installe sur l'autre, sans savoir si la chaise supportera mon poids. Elle tient le coup, et je pose ma tasse par terre. Je regarde mon père, qui sirote prudemment son thé. Il émet un petit bruit de bouche satisfait, puis me regarde.

— Tu sais, j'étais toujours avec ta mère quand j'ai rencontré Rosa, dit-il. Enfin, je ne partageais plus de lit avec elle depuis des années. Je m'étais installé dans le garage. Mais j'étais toujours marié à ta mère.

Je reste bouche bée.

— Je ne me souviens pas de ça !

— Ta mère était drôle, attentionnée et pleine d'inspiration ; quand on s'est rencontrés, on était artistes tous les deux, tu sais.

Première nouvelle.

— Non, je ne savais pas. Tu ne figures pas vraiment dans mes premiers souvenirs.

Mon père hoche la tête.

— Ouais. Ta mère était une grande artiste, mais elle était également bipolaire. Ça lui donnait une grande énergie, qui attirait les gens... mais ensuite elle devenait maniaque et faisait des choses insensées. Un jour, je suis rentré chez nous, et ta mère avait peint tous les murs en rouge. Elle disait que c'était pour protéger la famille ou un truc comme ça. Enfin, bref, tes souvenirs commencent sans doute après que Diane m'a poussé à partir.

Je regarde mon père, les sourcils froncés.

— Tu es parti parce que tu avais rencontré Rosa, tu veux dire.

— Non, pas vraiment. J'ai rencontré Rosa parce qu'elle était caissière au supermarché du coin. Elle était toujours sympa avec moi, et elle vous adorait, ton frère et toi. J'en ai eu assez de vivre avec les émotions en montagnes russes de ta mère. « Est-ce qu'aujourd'hui sera une bonne journée, ou une catastrophe ? » Rosa était là, et elle était gentille avec moi. Elle ne savait pas que je buvais beaucoup, en partie pour supporter ta mère, en partie pour le plaisir de boire.

Il s'interrompt, sirote son thé, et poursuit :

— Quand Rosa a découvert que j'étais toujours marié, elle a refusé de passer du temps avec moi. Alors je suis allé voir Diane et je lui ai parlé de notre rendez-vous, je lui ai dit que j'y étais allé parce que j'étais malheureux. Je lui ai demandé si nous pouvions faire des efforts pour que notre relation s'arrange.

— J'imagine que ça n'a pas fonctionné, dis-je d'une voix neutre.

— On a essayé. On a fait une thérapie de couple, des retraites spirituelles. On a même essayé de s'autoriser à aller voir ailleurs. Ça allait, jusqu'à ce que ta mère arrête son traitement. Je rentrais, et ta mère avait traîné le lave-vaisselle dehors pour le brûler. Une fois, elle a vendu sa voiture, qui était la seule dans laquelle on pouvait faire entrer les sièges auto pour enfants. Ce genre de trucs.

— Ça a l'air d'avoir été difficile, dis-je en plissant les yeux.

Je ne me souviens pas de tout ça.

— Ouais. J'ai fini par devoir prendre une décision difficile. Je ne dis pas que c'est la même que celle que tu dois prendre, mais il y a des similitudes. J'ai fini par partir, comme tu le sais. Et je n'ai eu qu'une garde très limitée, quand ta mère le voulait bien. C'est ça qui a été le plus dur, pour moi.

Il boit une grande gorgée de thé et me regarde.

— Je suis désolé, dis-je.

— Si je te raconte cette histoire, ce n'est pas pour que tu me plaignes. Ce que je veux te dire, c'est que chaque grand changement dans ta vie sera douloureux. Un peu comme des douleurs de croissance. C'est pour ça que tu dois décider si tu veux grandir et souffrir... ou si tu préfères stagner jusqu'à la mort. Ce sont les deux seules options.

Je soupire.

— Je sais. Je sais qu'il faut que je choisisse. En fait, je sais *qui* je devrais choisir. C'est juste que...

Je ne finis pas ma phrase, et mon père hoche la tête.

— C'est dur. C'est sans doute encore plus dur pour Larkin que pour toi, parce qu'elle est obligée de rester là à te regarder souffrir. Elle ne m'a pas l'air du genre à aimer rester les bras croisés.

— Non, tu as raison.

Mon père rit et me donne une tape sur le genou.

— Charlie, il faut que j'aille m'asseoir sur le canapé, je ne suis pas à l'aise sur cette chaise. Mais tu peux rester ici aussi longtemps que tu le voudras. Réfléchis à ce que je t'ai dit.

Je lui adresse un demi-sourire.

— D'accord. Merci pour tes conseils.

Quand il rentre, je regarde le jardin. Il n'a rien d'exceptionnel, seulement quelques arbres maigrichons. Mais cela me donne un espace où perdre le regard pendant que je pense à ce que m'a dit mon père.

Je passe une bonne demi-heure dehors, avec les mêmes pensées qui me tournent en boucle dans la tête.

Britta ou Larkin ? Les promesses que j'ai faites, ou celles que j'ai envie de faire ? Le passé ou l'avenir ?

Quand je me lève, ramassant mon thé intact, j'ai pris ma décision.

À présent, je ne peux que prier pour qu'il ne soit pas trop tard.

24

LARKIN

Je suis allongée dans mon lit, toujours furieuse. J'ai pleuré pendant près d'une heure, mais désormais, je boude en silence. J'ai beau rester allongée là, les yeux au plafond, je n'arrive pas à m'endormir. Je roule sur le flanc avec un soupir.

Je n'arrête pas d'entendre les mots de Charlie en boucle dans la tête.

C'est peut-être ce qu'il te faut.

La colère qui mijotait dans ses yeux quand il les a prononcés, la conviction féroce de sa voix... me donnent des frissons, des heures plus tard.

Si Charlie est vraiment de cet avis, je dois renoncer à lui. Il n'y a pas d'autre choix, pas vraiment. Mais l'idée de les laisser partir, Sarah et lui... de ne plus jamais les revoir – ou pire, de les voir de loin – m'anéantit.

Je pensais ne plus avoir de larmes, mais elles affleurent de nouveau au coin de mes yeux. Une vie sans Charlie ne vaut pas la peine d'être vécue.

Un tambourinement retentit au rez-de-chaussée, même

si le son est étouffé. J'ai peut-être laissé une fenêtre ouverte, et le volet bat au vent ?

Je m'assois et essuie mes larmes, puis je repousse mes draps. Je descends en vitesse l'escalier pieds nus, agacée d'avoir eu la bonne idée de laisser une fenêtre ouverte.

Bam bam bam. Le son est trop rythmé pour venir d'un volet. Je fronce les sourcils.

Une fois en bas, je vois qu'une silhouette tout en noir frappe à la porte d'entrée. Je ne vois pas son visage à travers le vitrail. Qui frappe chez moi à une heure pareille ?

— Larkin ! s'écrie Charlie en frappant à nouveau. Allez, ouvre !

Je me précipite vers la porte et l'ouvre en grand. Je lève les yeux vers Charlie d'un air suspicieux. Il me regarde à son tour, le souffle court, comme s'il venait de courir un marathon.

— Larkin, dit-il d'une voix rocailleuse.

Je ne réponds rien et passe les bras autour de mon corps. On s'est dit tout ce qu'on avait à se dire. Je penche la tête sur le côté, le mettant au défi de me surprendre.

Il fait un pas en avant.

— Larkin, j'ai pris ma décision.

Je perds instantanément le souffle. Est-il sur le point de dire ce que je crois ?

Au lieu de cela, il m'étonne davantage en s'approchant jusqu'à ce que seuls quelques centimètres nous séparent, et se met à genoux. Je porte les mains à ma bouche et pousse une exclamation.

Non... c'est impossible.

— Larkin, tu avais raison sur une chose. Il fallait que je décide si le passé était plus important que l'avenir. J'ai passé tant de temps à regarder en arrière que tourner mes pensées vers l'avenir me paraissait... impossible.

Charlie tend une main et me montre la mienne. Je la place lentement dans la sienne en tremblant. Il referme ses doigts sur les miens, et je sens qu'il tremble également.

— Oh, Charlie... je murmure.

Il secoue la tête.

— Je n'aurais pas dû ressentir ça, mais c'était le cas. Puis mon père m'a demandé si j'étais prêt à changer et à grandir, ou si je comptais stagner jusqu'à ma mort...

Il baisse les yeux un moment. Quand il les relève vers moi, ils sont baignés de larmes.

— Larkin, c'est avec toi que je veux vieillir. Je veux te suivre où que tu ailles. Et Sarah t'adore déjà...

Mes yeux s'embuent, et je dois les essuyer de ma main libre. Charlie se mord la lèvre inférieure, puis dit :

— Je suis désolé de t'avoir fait attendre. Tu as été si forte, pendant tout ce temps. Je n'ai pas de bague, mais... je t'aime. Je t'aime tellement.

Il s'interrompt un instant et s'éclaircit la voix.

— Larkin Lake, me feras-tu l'honneur de devenir ma femme ?

— Oui... parvins-je à dire.

Je me mets à pleurer, et des larmes me roulent sur le visage. Je suis dans tous mes états, mais je réussis à ajouter :

— Oui, Charlie. Moi aussi, je t'aime. Je t'épouserai.

Je n'avais encore jamais autant voulu me jeter dans les bras de quelqu'un. Je baisse les yeux sur lui, et mon cœur se serre dans ma poitrine. J'émets un petit son étranglé et le regarde avec des yeux suppliants.

Il se lève, et je me précipite vers lui, le faisant reculer d'un pas. Il me serre fort contre lui. Je passe les bras dans son dos.

Mon cœur est tellement plein que c'est presque insupportable. J'enfouis le visage dans son torse, sur un petit nuage.

Quand je recule pour verbaliser mes pensées, il pose sa bouche sur la mienne comme un fer rouge. Je gémis et passe une main dans ses cheveux.

Il me serre davantage contre son corps. Sentir ses hanches contre les miennes me pousse à passer les jambes autour de sa taille pour me frotter à lui.

Cela ne fait que quelques heures que nous n'avons pas fait l'amour, mais il *manque* à mon corps. Je tire sur sa veste. Je veux voir sa peau.

Il se débarrasse de cette entrave et m'embrasse tout en me faisant reculer jusqu'au canapé. Il délace et enlève ses bottes pendant que je retire mon tee-shirt.

Charlie s'empare de mon legging et me le baisse avec force. Je m'en débarrasse en rougissant.

En dessous, je suis nue. Je frissonne alors qu'il me prend les cheveux d'une main pour me renverser la tête en arrière et m'embrasser la clavicule. Je pousse une exclamation lorsqu'il trouve mon téton avec ses dents et l'effleure avec.

— C'est à moi, gronde-t-il en embrassant doucement mon autre sein. Ça aussi...

Il m'embrasse le nombril, puis le sommet du pubis. Je pousse un cri et mets les hanches en avant, trempée.

— Oui, Charlie, gémis-je. Je suis toute à toi.

Il remonte le long de mon corps et m'embrasse sauvagement. Je frémis lorsqu'il m'écarte les cuisses.

— Enlève ça, j'insiste en tirant sur son tee-shirt.

Il s'exécute et me dévoile une étendue de chair ferme et musclée. Je passe les mains sur son dos large et le griffe avec mes ongles.

Nous nous embrassons à nouveau. Il me touche l'intérieur des cuisses, me caresse de plus en plus haut. Ses doigts effleurent mon sexe alors que sa langue rencontre la mienne.

Je me cambre contre sa main avec un petit gémissement.

Il trouve mon intimité et y glisse deux doigts. Nous gémissons tous les deux alors qu'il me doigte avec lenteur et fermeté, prenant son temps pour me posséder.

— Bon sang, tu es si serrée ! s'exclame-t-il quand je commence à me contracter sur ses doigts.

— Oui ! Oui ! je l'encourage.

Je lui embrasse et lui suce le cou, consciente que j'y laisserai un suçon.

Il agite les doigts en moi, les pliant d'avant en arrière. En temps normal, cela ne me suffit pas à jouir, mais son air salace et la façon dont il se mord la lèvre en voyant mes seins bouger pourraient bien me suffire, cette fois.

Il change de position. Je sens son jean frotter contre l'intérieur de mes cuisses. J'aime tout ce que Charlie me fait, mais j'en veux plus. J'ai *besoin* de plus.

— Enlève ton pantalon, dis-je en tentant de masquer à quel point je suis à bout de souffle. Je veux te sentir en moi.

Il retire ses doigts et me soulève pour me porter sur le canapé. Il me pose, déboutonne son jean, puis hésite.

— Tout de suite, je l'implore en le tirant par le pantalon. Putain, tout de suite.

Il se débarrasse de son jean et de son boxer, puis s'installe sur le canapé et se place au-dessus de moi. Je le tire contre mon corps. J'ai désespérément envie de lui. Je passe les jambes autour de sa taille pour l'attirer vers moi.

Charlie met une demi-seconde à positionner son membre contre mon entrée. Je suis plus que prête, trempée.

Il me pénètre d'un long coup de reins puissant, et nous

poussons tous les deux un cri. C'est tellement bon de le sentir en moi, lorsqu'il m'étire, m'emplit.

Il me prend la main et la coince au-dessus de ma tête, nos doigts entremêlés. De ma main libre, je lui saisis le visage et l'embrasse, folle de désir, alors qu'il se met à aller et venir en moi. Il se frotte à tous mes points sensibles, se retirant et me pénétrant encore et encore, jusqu'à ce que mes yeux se révulsent presque.

Je jouis soudainement, spontanément, accrochée à lui avec une passion désespérée. Il jouit et crie mon nom, agrippant ma main avec tant de force que j'aurai sans doute des bleus.

Enfin, il ralentit et m'embrasse. Je place mes deux mains sur son visage, délicatement, et l'embrasse en retour, de toute mon âme.

Charlie a un petit rire alors qu'il se retire en glissant sur le côté pour ne pas m'écraser.

— Eh ben ! s'exclame-t-il.

Je le regarde, le cœur serré.

— Tu as déjà des regrets ?

Il rit encore et secoue la tête.

— Impossible. Jamais. Je ne sais pas si tu as remarqué, mais quand je décide quelque chose de tout cœur, j'ai tendance à m'y tenir.

— Je n'avais pas vraiment remarqué, dis-je avec un sourire en coin.

— Apparemment, tu fais partie de ces choses.

Il m'embrasse avec lenteur, longtemps. Je me mords la lèvre.

— Tu réalises qu'on va devoir donner des explications à Sarah ?

Il hausse les épaules, comme si ce n'était pas grand-chose.

— Elle sera ravie. Je veux avancer, pas reculer. Je veux qu'on emménage ensemble, qu'on se marie...

— Ah oui ? je le taquine. Tu ne fais pas les choses à moitié, hein ?

— Non. Tu plaisantes, mais je suis très sérieux. Je pense qu'on devrait envisager d'emménager à New York ensemble.

Je fronce les sourcils.

— Et les grands-parents de Sarah ?

— Les avions, ça existe. On pourra leur rendre visite, mon père et Rosa pourront nous rendre visite...

Je plisse le front.

— Et pour Helen ? Elle... elle ne croit pas que je suis une mauvaise influence, ou je ne sais quoi ?

— Je ne veux même pas parler d'elle. Tu as une très bonne influence sur Sarah. Elle t'adore.

Il soupire et secoue la tête.

— Je pense qu'on peut faire des projets. Tu vois... je suis furieux contre Helen, mais j'ai aussi un peu pitié d'elle.

Je pose ma paume sur la poitrine de Charlie, pile sur son cœur.

— Je t'ai déjà dit que je trouvais l'empathie super sexy ? je lui demande avec un petit sourire.

Il rit et me regarde.

— J'en suis ravi.

Je me hisse sur un coude.

— On a encore deux jours devant nous avant que tu ailles chercher Sarah, dis-je. Tu ne veux pas qu'on les passe dans un endroit plus confortable que le sol du salon ?

— C'est une façon détournée de m'inviter dans ton lit ? me demande-t-il en haussant un sourcil.

— Peut-être, réponds-je en rougissant.

Il sourit, se penche sur moi, et m'embrasse sur les lèvres.

— Alors j'accepte. Je peux te promettre que je dirai toujours oui. À ça, et à tout ce que tu voudras.

— Toujours ? je murmure contre ses lèvres.

— Toujours.

Et je sais que Charlie dit la vérité. Je ne me suis jamais sentie aussi heureuse ou en sécurité qu'en cet instant.

25

LARKIN

Trois Mois Plus Tard

— Et puis on met les serviettes... dis-je d'une voix chantante.

Je fais rebondir Sarah sur ma hanche alors que je place le reste du linge dans la machine à laver. Mon énorme bague de fiançailles se coince dans l'une des serviettes, et il me faut une minute pour m'en dépêtrer. Je pose le panier vide et verse de la lessive liquide dans le tambour.

— Et on ajoute la lessive... et on ferme le couvercle. Tu veux appuyer sur le bouton marche ?

Je montre le bouton à Sarah. Elle se mord la lèvre et appuie. La machine commence immédiatement à se remplir.

— Voilà ! annonce-t-elle avec fierté.

— Tu as réussi ! Bravo. Qu'est-ce que tu veux faire en attendant que papa rentre à la maison ?

Elle prend un air pensif.

— Peppa Pig ?

Je hoche la tête et sors de la petite buanderie. Je traverse la cuisine avec sa déco seventies, et entre dans le salon. Les chiens sont tous couchés par terre et remuent la queue. Ils sont fatigués après avoir joué avec Sarah plus tôt dans la journée.

Je pose la petite fille sur le canapé et me mets en quête de la télécommande.

Charlie et moi avons décidé d'emménager ensemble juste après sa demande en mariage. On l'a annoncé à Sarah, qui était ravie. Lentement mais sûrement, nous avons fait de mon côté de la maison un foyer, qui pour être honnête est parfois un peu chaotique. Avec les chiens, le chat et trois humains... les choses peuvent devenir un peu dingues.

Enfin... il y aura bientôt quatre humains. J'ai annoncé ma grossesse à Charlie à l'instant où je l'ai su, mais Sarah n'est pas encore au courant. Nous attendons les trois mois de grossesse pour essayer de le lui expliquer, alors nous avons encore quelques semaines devant nous.

Je trouve la télécommande et allume la télé pour Sarah.

— Veux rega'der ? me demande-t-elle en tournant la tête vers moi.

— Oui... Voyons voir.

Je regarde l'heure sur mon portable, qui se trouve dans la poche de ma robe. Il est presque dix-sept heures, ce qui m'inquiète un peu. Charlie est en train d'affronter Helen au tribunal. Le verdict doit être rendu aujourd'hui. J'aurais voulu être présente pour le soutenir, mais il préférait que je reste à la maison avec Sarah. Ça fait trois heures que je me ronge les sangs en attendant de ses nouvelles.

— Oui, j'ai le temps, dis-je à Sarah.

Je m'assois sur le canapé jaune hideux, et Sarah se pelotonne immédiatement contre moi, la tête sur mon épaule.

Elle passe sa petite main autour de mon bras, et mes yeux s'embuent.

Sarah est la fille idéale. Je lui embrasse le sommet du crâne, mais elle est trop absorbée par l'écran de télé. Je m'essuie les yeux, qui s'emplissent de larmes à la moindre occasion, ces derniers temps.

J'entends des pas sur le porche, puis une clé qu'on glisse dans la serrure. Zach et Morris se lèvent et agitent la queue avec impatience.

Enfin ! me dis-je en me redressant dans le canapé.

Charlie entre, très élégant dans son costume noir et sa chemise blanche. Il s'est débarrassé de sa veste, qu'il porte par-dessus son épaule. Il est toujours beau à mes yeux, mais le voir en costume me fait un effet dingue.

À l'instant où nos yeux se croisent, il s'illumine. J'adore ça chez lui, qu'il se réjouisse toujours de nous voir.

— On a gagné, annonce-t-il d'une voix grave.

Il accroche sa veste à une patère et caresse les chiens, montrant une affection toute particulière envers Sadie. C'est avec elle qu'il semble s'être le plus lié, ce qui me rend tellement heureuse que je pourrais pleurer.

— C'est vrai ? je demande en m'asseyant bien droite. Viens là ! Raconte-moi tout.

Il nous rejoint et s'assoit sur le canapé. Il salue d'abord sa fille et touche sa chaussure.

— Coucou, toi.

— Coucou, répond-elle, distraite par la télé.

Puis il me salue en se glissant vers moi jusqu'à ce que nous nous touchions et il m'embrasse avec douceur. Ses lèvres sont chaudes et tendres, comme toujours.

— Coucou, toi, répète-t-il.

Je lui adresse un sourire radieux.

— Coucou à toi aussi ! Allez, raconte-moi. Le suspense me tue.

— Eh bien, la juge Mariner a dit qu'elle avait pris toutes les preuves en compte, en particulier mon témoignage sur le comportement d'Helen et son attitude envers nous. Elle a dit que la plainte d'Helen n'était pas valide. Et voilà, c'est à peu près tout.

— Tout ce temps pour si peu ?

— Oui. Helen doit prendre en charge les frais de justice, aussi, dit-il en secouant la tête. Elle a pété les plombs et a crié au juge qu'elle était corrompue. Ses avocats l'ont traînée hors du tribunal avant qu'elle continue à l'insulter. C'était assez satisfaisant.

— Je n'y crois pas !

— Tu peux y croire, dit-il en prenant ma main libre pour la serrer dans la sienne. J'ai une autre surprise pour toi.

— Pour moi ?

— Oui, pour toi, répond-il. J'ai parlé à mon patron pour lui dire que je voulais m'installer à New York. Il était ravi. Je crois qu'on devrait vraiment déménager bientôt, vu que...

Il désigne mon ventre toujours plat d'un signe de tête. Tu ne seras sans doute pas en état de le faire dans six mois.

Mon cœur se met à battre deux fois plus vite. L'idée d'aller vivre à New York, de vivre mon rêve, est tout simplement... Mes yeux s'emplissent de larmes en entendant ces mots.

— Je... je n'arrive pas à croire que je déménage ! je m'exclame d'une voix larmoyante. Je n'arrive pas à croire que je vous ai, Sarah et toi, et que j'ai aussi droit à mon rêve.

Charlie m'adresse un sourire à couper le souffle.

— Eh, si.

Je l'étreins du mieux que je peux à un bras, et mes larmes mouillent sa chemise. Quand je recule, il m'embrasse, scellant nos lèvres. Notre baiser est lent et doux, plein de chaleur.

Sarah me tire par le bras, et je romps notre baiser pour la regarder.

— Goûter ? demande-t-elle.

J'éclate de rire, car elle est complètement à des années-lumière de tous les événements en train de se produire autour d'elle.

— Je vais nous chercher un goûter, dit Charlie. Qu'est-ce que tu veux ? Des petits gâteaux ? Du fromage-ficelle ?

— Gâteaux ! s'exclame-t-elle.

— D'accord. Restez là, toutes les deux, dit-il avec un clin d'œil.

— Attends, dis-je en attrapant Charlie par le poignet.

Il me regarde, en haussant un sourcil.

— C'est juste que... je t'aime tellement.

Ma confession le pousse à se pencher pour m'embrasser sur la bouche.

— Moi aussi, je t'aime. Toujours.

Je me rassois et le laisse partir. Parce que je sais qu'il reviendra. Je sais que quand Charlie dit quelque chose, il le fait. Je serre Sarah un peu plus fort contre moi, infiniment heureuse.

LIVRES DE JESSA JAMES

Mauvais Mecs Milliardaires

Du Bout des Lèvres

Un Accord Parfait

Touche du bois

Un vrai père

Mauvais Mecs Milliardaires - Toute la série

Club V

Dévoilée

Défaite

Percée à Jour

Club V Coffret

Le pacte des vierges

Le Professeur et la vierge

La nounou vierge

Sa Petite Pucelle Dépravée

Le Cowboy

Comment aimer un cowboy

Comment garder un cowboy

Livres autonomes

Supplie-Moi

Fiançailles Factices

Pour cinq nuits et pour la vie

Désir

Mauvais Comportement

Mauvaise Réputation

Chaud comme la braise

Embrasse-moi encore

Dr. Sexy

Un homme à vraiment tout faire

Capture

Contrôle

Convoitise

ALSO BY JESSA JAMES

Bad Boy Billionaires

A Virgin for the Billionaire

Her Rockstar Billionaire

Her Secret Billionaire

A Bargain with the Billionaire

Billionaire Box Set 1-4

The Virgin Pact

The Teacher and the Virgin

His Virgin Nanny

His Dirty Virgin

Club V

Unravel

Undone

Uncover

Cowboy Romance

How To Love A Cowboy

How To Hold A Cowboy

Beg Me

Valentine Ever After

Covet/Crave

Kiss Me Again

Handy

Bad Behavior

Bad Reputation

Dr. Hottie

Hot as Hell

Pretend I'm Yours

Rock Star

Capture

Control

À PROPOS DE L'AUTEUR

Jessa James a grandi sur la Cote Est des États-Unis, mais a toujours souffert d'une terrible envie de voyager. Elle a vécu dans six états différents, a connu de nombreux métiers, mais est toujours revenue à son premier amour – l'écriture. Jessa travaille à temps plein comme écrivaine, mange beaucoup trop de chocolat noir, à une addiction aux Cheetos et au café frappé, et ne peut jamais se lasser des mâles alpha sexy qui savent exactement ce qu'ils veulent – et qui n'ont pas peur de le dire. Les coups de foudre avec des mâles alpha dominants restent son genre favori de nouvelles à lire (et à écrire).

Inscrivez-vous ICI pour recevoir la Newsletter de Jessa
http://ksapublishers.com/s/jessafrancais

www.jessajamesauthor.com

www.ingramcontent.com/pod-product-compliance
Lightning Source LLC
LaVergne TN
LVHW011818060526
838200LV00053B/3821